나를 낮추면 성공한다

낮을수록 커지는 지혜의 처세술

· 짱쩐슈에 지음 | 정혜주 옮김 ·

정민
미디어

《低调做人的哲学》

作者：冯晓玲

copyright © 2006 by China Textile & Apparel Press

All rights reserved.

Korean Translation Copyright © 2015 by Jungmin MEDIA

Korean edition is published by arrangement with China Textile & Apparel Press

through EntersKorea Co.,Ltd, Seoul

느리게 성장한다고 걱정하지 말고
오직 멈춰 서 있는 것을 두려워하라

PROLOGUE

자신을 낮추는 것은 한 사람이 이룰 수 있는 최고의 경지
이자 풍모와 재능이요 또한 그의 철학이다. 어떤 유명한 재계
의 거상巨商은 자신의 아들에게 "나무가 크면 바람도 센 법, 자
신을 낮추어야 한다."는 가르침을 남겨 주었다. 이렇듯 자신을
낮추는 것은 성공한 이들이 들려주는 가르침이자 우리의 처
세 경전이라고 할 수 있다.

자신을 낮추는 것은 어떤 의미에서 보면 성공한 사람들의
행동 규칙이다. 우리는 명예가 있거나 높은 지위에 오르거나
돈이 많은 이들을 두고 성공한 사람이라고 말한다. 그리고 그
들의 휘황찬란한 인생을 부러워한다. 남달리 두각을 나타내
는 사람일수록 자신을 낮추는 법을 배워야 한다는 사실은 모

른 채 말이다. 그들이 만약 자신을 낮추지 않고 스스로 이름을 높이고 명예를 움켜잡은 채 영향력을 행사하려 한다면 곧 벽에 부딪히고 거꾸러지는 불운을 겪게 될 것이다.

《채근담》에 이런 말이 있다. "좁은 길에서는 한 걸음 물러나 다른 이를 먼저 지나가게 하고, 맛있는 음식이 있으면 다른 이들과 함께 나눠 먹어라." 넓은 세상에서 많은 이들과 인연을 맺으며 살아가는 것도 행복한 일인데, 구태여 자신을 벼랑 끝 풍파에 내던질 필요가 있을까? 무슨 부귀영화를 누리겠다고 다른 이들에게 자신을 끝없이 내세우려고 하는가?

누구나 성공을 갈망한다. 그러나 성공을 과시해서는 안 된다. 성공이란 다른 이들의 이목을 끌기 위해 흔들어대는 깃발이 아니다. 큰 성공을 일구었다면 다른 이들에게도 기회를 주어라. 성공한 당신의 모습이 자만과 권위와 경박함으로 똘똘 뭉쳐 있지 않은지 언제나 살피고, 말과 행동을 조심해야 한다. 그로써 당신은 다른 이들을 더 귀한 존재로 세워줄 수 있다. 영웅호걸 심리로 다른 이들을 겁쟁이로 만들어서도 안 되며, 나를 내세워 다른 이들에게 초라함과 부끄러움을 느끼게 해서도 안 된다. 이렇게 자신을 낮추는 것이 곧 사회에 큰사람이 되도록 하는 철학이다.

동서고금을 막론하고 재인才人과 위인들은 사회적으로 그들의 성공에 전폭적인 지지와 인정을 받았고, 모두 자신을 낮추는 본보기가 되어 왔다. 물론 성공하고 나서 자신을 드러내고 뽐내기에 바쁜 나머지 언행에 신경을 쓰지 못하는 인물들도 있다. 나무가 크면 바람이 세다고 했던가! 그러다가 결국 남들에게 비방당하고 화를 입어 지금껏 쌓은 공로가 모두 수포로 돌아가고 위엄이 땅에 떨어지는 등 스스로 추스를 수 없는 지경에 이르는 사람도 있으니, 이 얼마나 무지한 일인가!

우리는 지금 사물이 변화무쌍한 세상을 살아간다. 오직 자신을 낮출 줄 아는 사람만이 사회하는 무대에서 각자의 역할을 잘 해낼 수 있고, 인생이라는 험난한 여정에서도 차근차근 잘 나아갈 수 있다.

C|O|N|T|E|N|T|S

PROLOGUE

PART 1

꽃이 붓에면 나라가 되고
자신을 낮추면 군주가 된다

PART 2

상인은 이윤이 남고
개인은 출세하는 법

PART 3

매가 서 있는 모습은 잠자는 듯하고
호랑이가 걷는 모습은 마치 병든 듯하다

PART 4

귀하되 드러내지 아니하고
화려하되 빛을 내지 않는다

PART 5

재능이 뛰어나되 자만하지 않고
지위가 높되 거만하지 않다

PART 6

재능을 감추고
때를 기다려라

When Is
Modest
Succeeds

땅이 낮으면 바다가 되고
자신을 낮추면 군주가 된다

땅은 낮아야 비로소 물이 모이는 바다가 되고 사람은 스스로 낮춰야 사람들의 신망을
얻어 절로 높아진다. 세상의 모든 일은 낮은 데서 시작된다. 낮음은 모든 일의 동기이고
높음의 시작이 된다. 높음이란 낮음이 변화되고 커져서 생긴 것이니, 요컨대 자신을
낮추는 것은 결국 큰사람이 되어 높은 곳에 오르기 위한 철학이다.

싸우지 않고 천하를 얻다

중국의 대지자大智子 노자老子가 말했다. "싸우지 않으니 세상 또한 그와 겨룰 수 없다." 사람을 상대하고 일을 처리하는 데 어려운 점을 고려해 보면, 이는 참으로 지혜로운 말이다.

올바른 사람이 되기 위한 철학을 제대로 알고 행해 온 사람은 별로 없다. 명예와 권력 앞에만 서면 눈먼 닭이 되어 버리는 게 사람인지도 모르겠다. 누군가 자신에게 손해를 끼치면 그 배로 갚아 주려고 독을 품을 때도 얼마나 많은가! 그러나 늘 이런 식이라면 결국 손에는 아무것도 쥘 수가 없고 스스로 온몸에 상처를 입히는 꼴이 되고 만다. 심지어는 패가망신하여 유명을 달리하기도 한다. 이렇게 해서 성공한 사람도 있기야 하겠지만, 그러한 성공은 쭉정이처럼 가벼워 오래가지 못한다.

중국 삼국시대에 조조曹操는 후계자를 선택하는 데 매우 고심했다. 비록 장자인 조비曹丕가 태자太子 자리에 있긴 했지만 재능은 온 천하가 다 알 정도로 차남인 조식曹植이 훨씬 뛰어났기에 조조 역시 조식을 더 신임했고, 결국 태자를 바꿔야 겠다는 생각까지 하게 되었다.

이 소식에 당황한 조비는 곧장 그의 충신 가후賈詡를 찾아가 방법을 강구했다. 그는 "덕망과 아량을 갖추시려면 가난한 선비처럼 일을 처리하고 혁혁한 공을 세워야 합니다. 그런 한편 아들 된 도리를 저버려서도 안 됩니다."라고 충고했다.

조조가 출정을 하던 어느 날, 자신의 재능을 드러내 아버지의 환심을 사고 싶었던 조식은 아버지를 기리며 지은 시를 큰 소리로 낭송했다. 한편 조비는 바닥에 무릎을 꿇고 엎드린 채 눈물을 쏟아내며 아무런 말도 하지 못했다. 조조가 왜 그러느냐고 묻자 조비는 흐느끼며 "연세도 많으신 아버지께서 직접 장수를 이끌고 출정하시니 아들로서 염려가 되옵니다."라고 답했다.

이에 주위가 숙연해졌고, 조조는 태자의 지극한 효심에 깊은 감동을 받았을 뿐만 아니라 조식이 읊어댄 도덕심과 통치력을 가늠할 수 없는 글로는 그가 일국의 군주가 되기에 부족함이 많다고 여기게 되었다. 결국 조조가 죽은 뒤 관례대로 장남 조비가 위나라 황제의 보좌에 올랐다.

처음 태자를 놓고 자리다툼이 있었을 때 조비는 자신의 자리를 동생에게 빼앗기지 않기 위해 승부를 겨뤄야겠다고 생각했다. 그러나 자신의 재능이 조식과 비할 바가 못 된다는 것을 깨닫고는 가후의 가르침을 따라 진심 어린 태도로 살아갈 것을 명심했다. 이렇듯 진심은 통하는 법이다. 그로써 형제간에 큰 다툼도 일어나지 않았을 뿐 아니라 싸우지 않고도 승리를 거둘 수 있었다.

서한西漢 말년, 광무제光武帝 유수劉秀가 통치하던 때였다. 한번은 하북河北 왕랑王郎에서 황제가 반란군에 겹겹이 포위되자 황제를 보필하던 그 많던 사람들이 하나둘씩 곁을 떠나 버렸다. 그중에 풍이風異만이 혼자 남아 끝까지 유수를 엄호했

겸손함은 반짝이는 빛이다.
겸손함은 정신이 지식을 받아들이고
마음이 진실을 받아들이도록 준비시킨다.

고, 자신은 배를 곯아 가면서도 여기저기 뒤져 찾아낸 콩죽이며 보리밥을 아낌없이 모두 유수에게 바쳤다. 마침내 하북 지방에서 반란이 평정되자 유수는 그의 공을 크게 치하했다. 장수들도 나서서 그의 공적을 치켜세우고 상을 청했지만 당사자인 풍이는 그 일을 언급조차 하지 않고 당시에는 일반적이었던 적군을 죽이라는 청도 올리지 않았을 뿐 아니라 그저 큰 나무 아래 홀로 앉아 있을 따름이었다. 사람들은 이러한 그의 겸손함과 사람됨을 보고 그에게 '큰 나무 장군'이라는 별칭을 붙였다. 그 후에도 풍이는 전쟁에서 혁혁한 공을 여러 차례 세웠으면서도 매번 상을 정중히 거절했고, 나중에는 혹시나 그 때문에 유수가 난처해 할까봐 논공행상을 할 때면 아예 조용히 조정을 빠져나왔다.

서기 26년, 풍이는 반란을 일으킨 적미군赤眉軍 8만을 섬멸하여 상대의 기세를 확실히 꺾어 놓았다. 유수가 한달음에 달려가 공을 치하하려 하자, 그는 "다만 황제의 큰 공적에 보답할 따름입니다."라며 물러났다. 그러고는 쉬지도 않고 또다시 관중關中: 섬서성陝西省 위하渭河 유역 일대-옮긴이으로 진군하여 진창陳

倉, 기곡箕谷 등지에서 일어난 반란을 평정했다. 간혹 사람들이 그를 시기하여 무고하게 고발해도 유수는 전혀 동요하지 않았고 오히려 그를 서토 정벌대의 대장군으로 임명하여 북쪽 태수와 하후夏侯씨를 평정하도록 했다. 그러고는 풍이가 군대를 이끌고 조정으로 귀환하자 공경대신들이 보는 앞에서 그에게 재화와 보석을 하사하며 하북 지역에 동란이 일어났던 당시 풍이 자신은 굶으면서도 겨우 찾아낸 콩죽과 보리밥을 모두 유수에게 바쳤던 고마운 일화를 들려주었다. 이에 출세에 눈이 멀어 다툼을 일삼고 풍이를 참언했던 자들은 한없이 부끄러워했다.

이 밖에도 민간에 전해지는 '싸우지 않고 천히를 얻는' 이야기가 하나 더 있다.

강남江南은 대가족을 거느린 가장이었다. 이 늙은이는 젊은 시절 방탕한 생활을 하면서 수많은 처첩妻妾을 거느렸고 그 결과 아들도 한 무더기에 달할 정도로 많았다. 강남은 하루하루 늙어 가는 자신을 발견하고서는 이렇게 생각했다.

'이제 자식들에게 재산을 물려줄 때가 되었구나. 다만 이 많은 가산을 한 명 한 명에게 다 나눠 주면 혹 다툼이 생길 수도 있으니 아들 하나에게 다 몰아서 줘야겠다.'

어쩌다 이 사실을 알게 된 아들들은 역시나 너 죽고 나 살자며 싸우기 시작했다. 그 와중에 오직 한 아들만이 싸움에 끼어들지 않은 채 묵묵히 아버지 일을 도울 뿐이었다. 싸움이 계속되자 영감은 싸움에 휘말린 누군가에게 열쇠를 주면 집이 엉망이 되겠다는 생각을 했고, 결국 싸우지 않은 유일한 아들에게 하나밖에 없는 그 열쇠를 넘겨주었다.

이 세 가지 이야기는 우리에게 '싸우지 않는 자가 천하를 얻는다.'는 교훈을 준다. 우리가 살아가는 지금 이 사회에도 여전히 잘 맞는 이치가 아닌가?

우리가 사는 이 세상은 물질적인 부가 항상 모자라기에 자신의 명예나 이익만 추구하는 일이 비일비재하고 때로는 권모술수에, 때로는 우연한 함정에 빠지기도 한다. 이처럼 넘쳐나는 소용돌이를 피할 최선책은 가능한 한 그와 멀리하는 것뿐이다. 강을 가로질러 건너려면, 소용돌이를 멀리 피하는 사람이 피안彼岸에 가장 먼저 도착할 수 있다.

높이 오르고 싶으면
낮출 줄 알아야 한다

니체가 말했다. "나무 한 그루가 키를 더 키우려면 햇빛을 더 많이 받아야 한다. 그러면 나무 뿌리는 더 깊은 어둠 속까지 뿌리를 단단히 내릴 수 있다."

사람도 마찬가지다. 높은 곳만 바라보며 우쭐대면 목이 아프고 제자리걸음만 할 뿐이다. 진정으로 성공하고 싶으면 이상은 높이 잡되 자신은 낮춰야 한다. 즉, 웅대하게 의지를 세웠으면 바로 현실에서 구체적으로 행동해 나가야 한다는 말이다. 이는 큰일을 해내는 데 꼭 갖춰야 할 중요한 자질이다.

누구나 성공에 이르기까지 현실적인 문제와 외압, 실수, 긴장감, 실망감 등의 좌절을 겪게 마련이고, 이 모두는 우리 생활 속 일부이다. 그런데도 우리는 막상 이런 문제들에 부딪치면 인정하지 못하고 어쩔 줄 몰라 할 때가 많다.

고대 로마제국의 대철학자 시리우스는 "가장 높은 곳에 도달하려면 제일 낮은 곳부터 시작해야 한다."라고 말했다. 이것은 참으로 일리 있는 말이다.

대학을 갓 졸업하고 사회에 뛰어든 사람들은 대다수가 자기 자신은 '배울 만큼 배우고 다양한 식견도 갖췄다'고 생각하며 혼자 우쭐해 한다. 하지만 일단 일을 시작하면 '성취감'이 중요함을 깨닫고, 그동안 자신감의 기반이었던 자신의 지식도 턱없이 부족하기만 하다는 생각이 들 것이다. 그렇게 몇 년 정도 지나면 결국 자신이 갖고 싶다고 해서 모든 것을 쉽게 얻을 수는 없다는 현실을 뼈저리게 느끼게 되고, 자신의 현재 생활과 자기 자신이라는 두 부분 모두 만족할 수 없게 돼버린다.

어떤 젊은이의 생활이 꼭 이러했다. 일상에서 느끼는 갖가지 괴로움과 마음 깊은 곳에 자리 잡은 불만이 줄곧 그를 괴롭

히던 어느 여름, 한 친구의 집에 놀러갔다가 그의 아버지에게 큰 깨우침을 얻게 되었다. 친구의 아버지는 수십 년 동안 바다에서 고기를 잡는 늙은 어부였는데 젊은이는 그의 담담하고 침착한 태도가 너무나도 부러웠다.

젊은이가 물었다.

"하루에 고기를 얼마나 잡으세요?"

그가 대답했다.

"허허, 이보게! 고기를 얼마나 잡느냐 하는 것은 그리 중요하지 않네. 그저 빈손으로 돌아오지만 않으면 되지. 우리 아들이 학교를 다닐 때만 해도 학비를 제때 내야 한다는 생각에 늘 고기를 더 많이 잡으려고 했어. 허나 학교를 마친 지금은 지나치게 욕심 부리지 않는다네."

젊은이는 생각에 잠긴 듯 먼 바다를 바라보다가 문득 어부는 바다를 어떻게 생각할까 궁금해졌다. 어부가 말했다.

"바다? 너무나 위대하지. 수없이 많은 생명을 키워내지 않는가?"

그러면서 그는 젊은이에게 다시 물었다.

"자네, 바다가 왜 그리 위대한지 아는가?"

젊은이가 쉽게 대답하지 못하자 그가 말을 이었다.

"바다가 그렇게 많은 물을 담을 수 있는 것은 말이야, 가장 낮은 곳에 있기 때문이라네."

그렇다! 바다는 결국, 가장 낮은 곳에서 가장 위대한 일을 해내고 있었다. 어부 역시 자신을 가장 낮은 곳에 두었기에 그리도 담담하게 일상의 즐거움을 만끽하고 있었던 것이다.

젊은 사람들은 대부분 자기의 위치를 스스로 올바르게 정하지 못한다. 자그마한 성공에도 금세 우쭐대며 마치 자기가 천상천하 유아독존天上天下 唯我獨尊이라도 되는 양 우물 안 개구리처럼 행동한다. 그러나 이제부터는 그러지 말자. 자신을 좀 더 낮추고 착실하게 단계를 밟아 올라가다 보면 어느새 정상에 도달한 당신을 발견하고 더 큰 성취감을 얻을 수 있을 것이다.

어느 철학자가 말했다. "고귀한 품성은 자신을 낮출 때 비로소 생겨난다." 높이 오르고 싶으면 먼저 자신을 낮추자. 성공한 수많은 인사들은 하나같이 자신을 낮추고 한 걸음씩 노력해 나아가 최고의 자리에까지 오를 수 있었다.

타인에게 쉽게 다가서는
사람을 가까이 한다

큰일을 해내고자 한다면 민심을 내게로 끌어 모으는 것이 가장 중요하다. 그리고 그 마음이 기꺼이 나를 잘 따를 수 있도록 꽉 붙잡을 수 있어야 한다. 그렇게 하는 아주 효과적인 방법이 바로 다른 사람에게 먼저 친근하게 다가서는 것이다.

'심리 기술'을 소개한 어떤 책에 미국 테네시 주지사 선거에 나란히 뛰어든 형제의 이야기를 살펴보자.

형은 미소 작전으로 지지자를 끌어 모은 반면, 아우는 멋진 매너나 태도로 자신을 꾸미는 데에는 전혀 신경을 쓰지 않았다. 예를 들면, 연설하는 단상에 올라가서도 주머니를 만지작거리며 청중에게 거리낌 없이 "저한테 담배 한 개비 주실 분?"이라며 소탈하게 말하곤 했다. 결과는 아우의 대승리였다. 서민들에게 담배를 구하는 털털함에 반해 투표자들은 친근한 정치가에게 많은 표를 던졌다.

　명예나 지위가 있는 인물이 보통 사람들과 편하게 인사를 나누는 모습은 너무나도 멋지게 보인다. 그래서 지도자들은 가끔 계산된 행동으로 서민들에게 친근한 사람인 척 가장하여 다가가기도 한다. 또 항상 자신과 대화하는 상대가 스스로 대접받는다는 생각을 하게끔 행동한다. 이는 역지사지易地思之의 심리를 아주 잘 이용한 사례로, 다분히 감정 변화를 노린 행동이다. 서민들이 신분이 높은 사람과 함께 함으로써 자신도 함께 신분이 높아지는 듯 느끼는, 상대방의 허영심을 자극하여 효과를 보는 것이다.

　사람들은 때로 '높은 사람'에게 반감을 갖기 마련이다. 또한 강한 명령일수록 따르기 싫어한다. 똑같은 명령을 받아도 "부탁해요."라는 말 한 마디에 부하직원은 '명령'을 받는다기보다는 대등한 입장에서 '부탁' 받는 것으로 여긴다는 걸 알아야 한다. 이렇게 말 한 마디만 잘 해도 상대방의 반감을 줄이는 것은 물론, 상대방에게 '명령' 받는다는 사실까지 잊게 할 수 있다.

이처럼 말에는 각기 다른 특징이 있다. 한편, 직장에서 인간관계를 치명적으로 만드는 것을 '업무 언어'라고 한다. 그럼 업무 언어란 무엇일까?

예를 들어 상사는 가끔 부하직원을 불러 이렇게 말한다.

"어이! 자네, 상사 말을 잘 안 듣는다던데……"

아주 전형적인 상사의 말투다. 다른 예를 또 들어 보자.

"상부의 명령이야." 혹은 "일개 말단 직원인 주제에 뭐가 그리 대단해?" 등의 말은 모두 업무 언어에 속한다. 말 안 해도 잘 알겠지만 이런 '업무 언어'는 직원들에게 쉽게 반감을 산다. 그러므로 이런 '업무 언어'를 시용하지 않으면 회사의 인간관계가 조화롭게 바뀔 수 있을 뿐만 아니라 업무 효율 역시 훨씬 향상될 것이다.

예를 들면, '업무 언어'가 쓰이지 않는 곳에서는 사장이 새로운 일을 맡길 때 직접 부하직원의 자리에 와서 "부탁할 일이 하나 있는데……" 하고 말하는 것이다. 부하직원에게 한 번만 이라도 "부탁해요"라고 말해 보자. 당신의 이 한 마디는 직원에게 '당신을 존중합니다'라는 느낌을 주어 금세 의욕으로 가득 차 최선을 다해 일하도록 만들 것이다. 즉, 작은 공을 들여 큰 효과를 보는 것이다.

말이란 그 자체로 사회적 기능을 지닌다. 회사에서 아랫사람은 상사에게 명령을 받아야 하고 미숙한 일 처리에 질책을 들어야 하고, 혹은 대등한 사회인으로 존중해주지 않는 경우가 많기 때문에 나쁜 인상을 받기 마련이다. 하지만 상사가 '누구누구 씨'라는 호칭을 쓰면서 부하직원을 존중해주면 근무 분위기는 한결 부드러워질 것이다. 그런 환경에서라면 직원은 자신이 인정받는다는 생각에 상사에게 존경심과 신뢰감을 느끼며 일도 즐겁게 최선을 다할 뿐 아니라 일을 긍정적인 방향으로 처리할 수 있을 것이다.

요컨대 당신이 인력을 효과적으로 배치하는 방법으로 일을 완수하고자 한다면, 업무 지시나 명령을 할 때 그 강도를 최대한 낮춰라. 무뚝뚝하고 융통성 없는 사장의 이미지를 벗어던지고 직원들이 하는 이야기에 항상 귀를 기울여라. 이런 행동이 바로 지도자가 자신을 낮추는 방법이다.

적을 만들지 않는 방법은 청빈하게 살고 잘난 체하지 않는 것이다.

낮출 줄 아는 사람은
최후에 웃는다

언뜻 보기에 너무 평범해 보이거나 아무짝에도 쓸모없어 보이는 사람이 있다. 그러나 이런 사람일수록 가슴속 포부가 웅대할 수 있으니 절대 얕봐서는 안 된다. 이렇게 겉으로 '무능'해 보이는 사람일수록 포부가 커도 교만하지 않으며, 큰일을 치를 때도 오히려 더 굳은 인내심을 가지고 치밀하게 전략을 운용할 뿐만 아니라, 자신의 뜻을 굽히고 펼 때에도 보통 사람에게 없는 탁월한 식견과 후덕한 마음씨를 지닌 사람이 많다.

유비劉備의 일생을 살펴보자. 그의 삶은 자신을 세 번 낮추었다는 '삼저三低'로 표현할 수 있다. 그리고 이 '삼지'가 바로 그가 촉한蜀漢을 세운 비결이다.

그의 첫 번째 낮춤은 도원결의桃園結義다. 유비와 의형제를 맺은 두 사람은 술 장사꾼이자 백정이었던 장비張飛, 도주한 살인범 관우關羽였다. 황제의 외척이요, 후에는 황숙皇叔으로까지 칭해졌던 유비가 기꺼이 그들과 의형제를 맺은 것이다. 그는 이렇게 '자기를 낮춤'으로써 오호상장五虎上將 중 하나였던 장익덕張翼德:장비-옮긴이과 유장儒將 무성武聖이었던 관운장關雲長:관우-옮긴이, 이 걸출한 두 세력을 자기편으로 만들 수 있었다. 유비의 대사大事는 이 두 세력이 모이고 뭉침으로써 그 큰 물줄기를 이루었다.

두 번째 낮춤은 삼고초려三顧草廬다. 유비는 초가집에서 두문불출하는 젊은이를 얻으려고 세 차례나 직접 그를 찾아갔다. 신분과 지위는 일단 제쳐 두고 나이만 따져 보아도 유비가 훨씬 연장자였지만 두 번이나 찾아가서 젊은이에게 거절당하고도 유비는 전혀 그를 탓하거나 자신을 망신스러워하지 않왔다. 세 번째로 찾아가 결국 젊은이를 얻음으로써 유비는 대업을 이루겠다는 그의 큰 바다에 더 넓은 물줄기를 들여올 수 있었다. 이 일을 바탕으로 유비는 나라를 세우겠다는 계획을 실현했고, 그렇게 얻은 젊은이 제갈량諸葛亮은 후세에 길이 남는 명재상이 되었다.

세 번째 낮춤은 장송張松을 예우한 점이다. 당시 익주益州 별가別駕: 지금의 지방장관 보좌관- 옮긴이였던 장송은 원래 서천西川의 지도를 조조에게 바치려고 했다. 장송은 이전의 위세를 보여주겠다며 무력을 행사했다가 조조의 비웃음을 산 적이 있고, 하마터면 장기將其에게 죽임을 당할 뻔했던 사람이다. 그런데 조조가 마초馬超를 물리치고는 의기양양해져서 너무 안하무인한 태도를 보이자 장송은 결국 조조에게 크게 실망한 나머지 유비를 찾아간다. 유비는 조운趙雲과 관운장을 보내어 국경에서부터 장송을 맞이했고, 영토 안에서는 직접 그를 마중하기까지 했을 뿐 아니라 삼 일 밤낮으로 성대하게 연회를 베풀었다. 장송이 유비의 환대에 고마워 눈물을 흘리며 장정長亭을 떠날 때도 유비는 그에게 친히 말을 하사하고 배웅을 했다. 장송은 이에 깊이 감동받아 조조에게 바치려고 했던 서천의 지도를 결국 유비에게 건넸다. 유비가 이렇게 마지막 낮춤을 행함으로써 촉한은 역사에 단단히 뿌리를 내릴 수 있었다.

사람은 이미 성공했느냐 여부에 관계없이 언제나 신중하고 겸허해야 한다. 또한 어진 이를 예의로써 대해야지, 절대 배은망덕한 모습을 드러내서는 안 된다. 당신의 마음 씀씀이가 결정적인 상황에서 기회를 만들어낼 수 있고, 당신의 사업이 그 기회를 타고 성장할 수도 있기 때문이다. 강조하건대, 누구나 약자의 자세를 배울 때에야 비로소 진정한 강자가 될 수 있다.

옛날에는 단번에 적을 무찌를 수 있는 뛰어난 장군이라 하더라도, 황제가 직접 출정한다는 소식이 들리면 군대의 움직임을 잠시 멈추고 기다려야 했다. 황제가 도착한 후에야 황제의 지휘하에 적을 공격할 수 있었다. 사실 이렇게 황제가 올 때까지 군대의 움직임을 멈추고 기다리면, 다 잡은 승기를 놓칠 수도 있고 적에게 기습의 빌미를 제공할 수도 있기 때문에 결국 제 무덤을 파는 것이다. 그렇다면 장수는 그런 위험이 도사리고 있는데도 왜 단숨에 적을 해치우지 않는 것일까? 그뿐만이 아니다. 황제가 직접 출정하느라 대규모의 군대를 출동시키는 것 또한 얼마나 경제적 손실이 크겠는가? 그렇다면 황제는 어째서 출정이라는 번거로움을 자초하는 것일까? 적군이라면 유능한 장군이 처리해 버리면 그만이 아닌가? 만약 그렇게 생각했다면 큰 오산이다. 오산일뿐더러 어쩌면 어느 날 갑자기 영문도 모른 채 직장에서 강직될지도 모른다. 심지어 해고를 당하는 끔찍한 일이 생길지도 모른다.

그럼 이제부터 곰곰이 한번 생각해 보자. 왜 황제가 친히 출정하겠는가? 사실 그의 목적은 출정이 아니라 '한 수 보여 주는 것'이다.

당신이 그 유능한 장수라고 가정해 보자. 실제로는 당신이 적을 다 물리치는 동안 황제는 옆에서 그저 상황이 돌아가는 것만 지켜볼 뿐이다. 그러나 상황이 비록 그렇다 하더라도 당신은 황제의 위엄으로 완강한 적을 제압할 수 있었노라고 말해야 한다.

이처럼 자신을 낮추고 상대방을 높여야만 음모와 시기에서 벗어날 수 있고 마침내는 최후의 강자가 될 수 있다. 다시 말해, 이겨도 자만하지 않고 공을 세워도 교만하지 않아야 진정 제대로 인생을 살고 일할 줄 아는 사람이다. 겉으로 보기에는 약자인 것처럼 보일 테지만 그런 사람이야말로 오히려 실제로 강자가 될 수 있는 사람이고, 탄탄대로를 안은 사람이며 마지막에 웃을 수 있는 사람이 된다는 것을 명심하자.

스스로 중요한 사람이라
생각하지 마라

자신의 재능이 매우 뛰어나다고 믿는 한 사람이 있었다.
그런데 줄곧 중책을 맡지 못하자 근심 걱정에 휩싸여 몹시 괴
로워했다. 그래서 하루는 신에게 여쭈어 보았다.

"운명은 어째서 이다지도 저에게만 불공평한지요?"

그러나 신은 아무런 말없이 눈에 잘 띄지도 않는 작은 돌
멩이 하나를 주워 멀찌감치 있는 돌 더미에 던졌다.

"내가 방금 버린 그 돌을 찾아 보거라."

그는 돌 더미를 샅샅이 뒤졌지만 빈손으로 돌아오고 말았

다. 그러자 이번에는 신이 자신의 손가락에 끼었던 금반지를 빼서 또 그 돌 더미에 던졌다. 이번에는 반지가 금빛으로 반짝거려서 아주 쉽게 찾아낼 수 있었다. 신은 아무 말도 하지 않았지만 젊은이는 깨달을 수 있었다. 자신이 반짝거리는 금반지가 아닌 그저 보잘것없는 돌멩이 한 개에 불과할 때는 불공평하다는 이유로 마냥 운명을 핑계대서는 안 된다는 것을 말이다.

실제로 많은 사람들이 이 젊은이와 똑같은 생각을 한다. 그들은 항상 '회사가 내 실력을 몰라준다'는 둥 '상사가 안목이 없어서 아무리 열심히 해도 내 재능을 알아주지 못한다'는 둥 '다들 내 능력을 몰라본다'는 둥 불평을 한다. 하지만 정말 그것이 다른 사람 탓일까? 부디 자신이 무능력한 것을 애써 모른 척하고서 다른 사람의 안목 없음을 탓하지 말라. 또 당신이 지금 어딘가에서 냉대를 받는다고 쉴 새 없이 하늘에 화풀이하지 마라. 당신이 그저 보통 사람이기에 아무도 주목하지 않는다는 점만을 기억하라.

새로 옮겨온 부서에서 부책임자 직을 맡은 한 남자가 있었다. 예전 부서만큼 그렇게 폼 나는 일도 아니고 그럴듯한 직위도 아니었기에 그는 다른 사람들이 자신의 부서 이동을 두고 무슨 안 좋은 일이 있거나 일 처리를 잘못해서 강등된 것으로 생각할까봐 늘 노심초사했다. 분명히 공식적인 인사이동이었고 자신 역시 늘 바라왔던 것이었는데도 다른 사람들의 평가가 걱정이 된 그는 결국 일이 없는 날이면 집 안에 틀어박혀 있기 일쑤였다. 그러던 어느 날 길을 가다 지인을 만났다.

"사장직 그만두셨나요? 요즘 안 보이시던데 다른 부서로 옮기셨어요?"

남자는 대답했다.

"네, 베이징 지사로 옮겼습니다."

그 지인은 잘됐다고 하면서 시간 있을 때 한번 놀러 오라고 말했다. 그렇게 헤어졌지만 왠지 모르게 마음이 착잡해졌다. 그 사람이 혹시 자신을 비웃는 건 아닐까 두려웠다. 얼마 지나지 않아 남자는 얼마 전 만났던 그 지인과 또 마주쳤다.

"사장직 그만두셨다면서요? 어디로 옮기셨어요?"

지인은 저번에 물었던 것과 똑같이 물었다.

그는 '아니, 이 사람 도대체 왜 이러는 거야. 전에 다 말했는데!' 하는 생각이 들었지만 다시 한 번 담담하게 대답해 주었다.

"베이징 지사로 옮겼어요. 언제 한번 들르세요."

그러자 그 지인은 갑자기 생각났다는 듯 "아, 맞다. 지난번에 말씀하셨죠. 아이고, 죄송합니다. 잊어버렸네요."라며 사과했다. 지인의 말을 듣자 남자는 갑자기 마음이 한결 가벼워졌다. 다른 사람이 뭐라고 생각할까 조바심 내는 동안 다른 사람들은 이미 그 일을 까맣게 잊었던 것이다. 그는 그 후로 다시 동료들과 어울려 예전처럼 술도 한잔하고 수다도 떨게 되었다.

사실, 모든 고민은 단지 '그렇지 않을까? 하는 자기 연민과 자학에서 생겨난다. 모든 근심 걱정은 전부 자신에게서 비롯되는 것이다. 사실 다른 사람에게 나 자신은 그리 중요하지도 않은데 말이다.

듣고 싶지 않은 말을 듣고, 다른 사람의 오해를 사고, 난처한 상황을 만나는 등 우리는 일상에서 수많은 일을 겪는다. 하지만 너무 마음에 담아둘 필요는 없다. 모든 사람에게 일일이

해명할 필요도 없다. 창피한 일도 화나는 일도 일단 시간이 흐르면 그만이지 않은가! 사실, 다들 남이 무심코 한 말이나 작은 실수 따위에 그다지 신경을 쓰지는 않는다. 당신은 절대 잊지 못하는 그 일을 다른 사람들은 이미 깨끗이 잊었다는 것을 항상 기억하자. 그리고 제발 자신을 너무 괴롭히지 마라.

자, 경우를 바꿔서 한번 생각해 보자. 다른 사람이 어쩌다 한 실수를 당신은 계속 머리에 담아 두는가? 그 일 때문에 시시각각 괴로운가? 다른 사람의 라이프스타일에 정말 그리도 관심이 많은가? 내 생활보다 더 많이? 하지만 그러기엔 우리는 너무 바쁘고 정작 내가 해야 할 일조차 전부 처리해내지 못하며 살아간다. 때문에 나와 관계없는 일에 그다지 관심을 두지 않는다. 그저 다른 사람에게 피해를 끼치지 않고 다른 사람의 이익을 대신 취하지만 않는다면, 당신의 실수나 난처함에 지나치게 관심을 두는 사람은 없다. 그 다음 날 아침이 밝을 때쯤이면 아마 다른 사람들은 당신과 어제 무슨 일이 있었는지 기억조차 못할지도 모른다. 오로지 당신 혼자만 마음에 담고 끙끙댈 뿐이다! 그러니 이제부터는 다른 사람의 마음속에 당신은 그다지 중요하지 않다는 점을 명심하자.

모든 일을 '운이 없어서'라고 탓하는 사람은 좀처럼 그 족쇄에서 벗어나기 어렵다. 절대 모든 책임을 운명 탓으로 돌려서는 안 된다. 주위를 살펴보면 숙명론자들은 대체로 비관적이다. 비관적인 사람일수록 행운의 여신 역시 그들 편에 서주지 않는다. 그러면 그들은 정말 운이 나쁘다고 더욱 굳게 믿게 되고, 결국 악순환이 되풀이된다. 이런 사람들이 일을 잘 하는가 아닌가는 중요하지 않다. 문제는 모든 것을 운명 탓으로 돌려 버리는 마음가짐이다.

평상심을 가지고 인생을 살아갈 때에야 비로소 평범한 생활을 누리며 진정한 성공과 행복을 맛볼 수 있다. 그렇지 못하면 자칫 작은 실수에도 좌절하기 쉽고, 또 그 어려움을 극복하지 못하면 결국 한순간에 모든 것이 와르르 무너져 버린다. 이제 답은 나왔다. 인생에서 갖춰야 할 가장 중요한 덕목은 평상심이다. 이 세상에 혹독한 시련을 겪지 않는 인생이란 없고, 노력이 필요 없는 성공도 없다. 허영심은 인생의 비극을 초래하기 마련이니 인위적이지 않은 자연스러움이야말로 모든 일의 근본이다. 그리고 비현실적으로 이상만 높아서는 평생 자신이 누구인지조차 알 수 없다. 그러니 정처 없이 떠돌아다니던 마음을 하루빨리 제자리로 돌려놓고 인간으로서 본연의 모습을 되찾길 바란다.

자신을 내려놓으면
몸값을 더 올릴 수 있다

비교적 높은 신분이나 지위에 있는 사람이 그 직책을 내려 놓고 다른 사람들과 온화하게 잘 지내더라도 그 신분은 낮아 지지 않으며 사람들의 존경까지 받을 수 있다. 예를 들어, 어 떤 회사 사장이 늘 자전거로 출퇴근을 하고 또 직원들과 함께 어울리려고 구내식당에서 밥을 먹는다면, 직원들이 사장의 명령이나 지시에 더욱 귀 기울일 것이다.

울로프 팔메 스웨덴 전 총리는 사람들이 무척 존경하는 지 도자이다. 정부의 수장이 된 후에도 그는 계속해서 서민 아파

트에 살기를 고집했다. 소박한 생활을 하고 사람들과 친하게 지내는 그는 진정 평범한 서민의 모습이었다. "나는 한 사람의 시민일 뿐이다." 이것이 바로 팔메 총리의 신조였다.

그는 공식 출장을 가거나 특별히 중요한 국무 활동을 제외하고는 국내외 회의에 참석하거나 방문 및 시찰 활동을 할 때에도 최소한의 수행원과 경호원만을 동행하도록 했다. 방탄차 역시 중요한 국가 업무를 볼 때에만 탔다. 물론 그럴 때도 경호원은 겨우 두어 명만 그를 경호할 뿐이었다. 한번은 국제 회의 참석 차 미국을 방문했을 때 혼자서 택시를 타는 모습이 눈에 띄기도 했다. 1984년 3월, 사회당 대표 회의에 참석하기 위해 오스트리아에 갔을 때에도 그는 혼자였다. 그래서 회의장에 들어가 스웨덴 국기가 꽂힌 자리에 앉을 때까지 아무도 그를 주목하지 않았다.

사람들은 그의 그런 소박한 행동에 칭찬을 보냈다. 우리는 팔메 총리가 '보통 사람과 함께, 보통 사람처럼' 행동했다는 점에 가장 주목해야 한다. 팔메 총리는 집에서 수상 관저까지 매일 걸어서 출근했다. 한 시간 남짓 되는 길을 걸으면서 그는 행인들과 인사하거나 한담을 나눴다. 그는 주위 사람들과 사이도 매우 좋았고, 틈날 때마다 다른 사람을 도우려고 늘 노력했다. 한 예로, 그는 가족과 함께 발틱 해 연안의 파로 섬에서 자주 휴가를 보냈는데, 그곳 주민들과 금방 친해졌다. 주민들역시 그를 오랜 친구처럼 대했다. 휴가를 보내는 동안 팔메총리는 종종 자전거를 타고 혼자 돌아다니거나 풀을 베거나물을 긷기도 했고, 장작을 때어 불을 피우기도 했다. 또 집주인을 도와 잡일도 하는 등 마치 서민들과 한 가족처럼 늘 관계를 맺고 만남을 가졌다.

또 팔메 총리는 수수한 평상복 차림을 하고 혼자서 개인적인 방문을 하길 좋아했다. 그는 학교, 상점, 공장, 광산 등을 찾아가 학생, 점원, 노동자들과 대화를 나누면서 국내 상황을 파악했다. 보통 사람들의 의견에 귀를 기울이는 그의 모습에서수상이라는 직책이 풍기는 '고위 공직자' 분위기는 찾아볼 수없었다. 또 그의 고상한 말투와 진실한 태도에서도 전혀 위엄을 느낄 수 없었다. 이런 점만 보아도 팔메 총리는 스웨덴 국민들의 추앙을 받기에 충분했다.

팔메 총리는 사람들과 금방 가까워지는 사람이었다. 그는 서민들과 편지를 주고받으며 우정을 쌓아나갔으며, 재임 1년 동안 그가 받은 편지는 무려 평균 만 5천여 통에 달했다. 그중 3분의 1 정도는 해외에서 온 편지였다. 이 많은 편지에 답신을 보내려고 그는 특별히 편지를 열람하는 직원 4명을 고용해 편지를 읽고 답장해 주는 일을 시켰다. 직원들이 먼저 초벌로 쓴 편지를 총리가 직접 검토하고 자필서명을 하여 답장을 보내는 식이었다. 그의 이러한 사람됨은 사람들 마음속에 갈수록 큰 자리를 차지했다. 또 팔메 총리는 국민에게 수상 관저 정문을 개방하기도 했는데 이는 스웨덴 국민의 신문고 역할까지 톡톡히 해냈다. 스웨덴 국민에게 그는 지도자이자 친구였으며 사람들 마음속에 영원한 우상으로 자리 잡았다.

격식을 벗어 놓는다고 해도 그의 고귀함은 절대 훼손되지 않는다. 오히려 사람들의 존경심이 더해질 수 있다. 이렇게 대중에게 자신의 생명 끈을 깊이 뿌리내리는 사람을 우리가 어찌 존경하지 않을 수 있겠는가!

체면만 차리다가는
사서 고생한다

사람이 많이 모인 곳에서 다른 사람을 탓하고, 다른 사람의 체면을 구기거나 한 사람의 잘못으로 몰고 가는 것 등은 우리 모두가 세상을 살아가면서 절대 하지 말아야 할 행동이다. 한편, 자신의 잘못을 과감히 인정하는 것은 인생을 살아가는데 꼭 필요한 요소이다. 이른바 "남에게는 관대하게, 자신에게는 엄격하게寬以待人, 嚴於律己"라는 말도 있지 않은가! 이는 자신이 잘못을 저질렀다면 깔끔하게 인정해야 한다는 뜻이다. 잘못을 인정하는 행동은 물론 빠를수록 좋다. 만약 당신이 체면을 유지해야겠다며 줄곧 짐을 짊어지고 간다면, 체면 차리느라 생고생하는 꼴이 되어 버릴 뿐 결국 반복되는 후회에 시달릴 것이다.

　퇴직한 한 엔지니어가 있었다. 그는 평소 자신의 잘못을 드러내는 사람은 바보나 마찬가지라고 생각했다. 그 잘못이 측량이 부정확했던 탓이든 관측 각도가 나빠서 생긴 것이든 상관없었다. 또 잘못된 결론이었든 무효가 된 평가였든 그에게는 모두 마찬가지였다. 그가 가장 좋아하는 말은 "어쨌든 다른 사람 앞에서 창피당해서는 안 된다"였다. 그러나 사람은 누구나 실수를 저지르고, 이러한 점은 그도 마찬가지였지만 그는 체면 차리는 일이라면 자신의 잘못임을 알면서도 많은 사람 앞에서는 아무런 잘못도 없는 척을 했다. 게다가 우스꽝스럽게도 전혀 모르는 일을 아주 잘 아는 척했다. 주위 사람들은 그의 이런 점을 아주 못마땅하게 생각했고, 너무 당연하게도 많은 사람들에게 존경받지 못했다.

　물론 우리는 누구나 무슨 일을 할 때면 자신이 옳기를 바라고, 정확한 결론에 도달했을 때면 아주 기뻐하기 마련이다.

"맞았어"라는 선생님의 말을 들으면 학생은 뿌듯함과 즐거움을 느끼고, 반대로 "틀렸어! 이번 시험은 낙제야"라는 말을 들으면 학생은 다음에 또 틀릴까봐 초조해하다가 결국 더 많이 틀리게 된다. 그렇지만 여기에는 다들 분명히 알아야 할 점이 있다. 그 누구도 다른 사람들이 하는 일을 100% 정확하다거나 100% 잘못되었다고 단언할 수 없다는 것이다. 우리가 학교나 회사, 어디에 속해 있든지 전혀 관계없다. 정치가든 운동선수든 그가 누구라도 상관없다. 다만 이 사회의 시스템 안에서 정확하게 일을 해내는 사람을 인정할 뿐이다. 결과적으로 수많은 사람들이 방어 심리로 가득 찬 환경에서 자라면서 잘못을 감추는 방법만 배우게 된다.

그러나 또 다른 부류의 사람이 있긴 하다. 자신의 잘못이 드러나면 똑같은 실수를 다시 저지를까봐 아예 아무 일도 하지 않는 사람이다. 그들에게는 긴장감과 사회에 대한 반항 심리가 싹트게 된다. 그리고 반대의 경우 즉, 무슨 일이든 '나만 맞고 너는 틀렸다'는 식의 태도 역시 현명하지 못하다. "사소한 전투에서 이길 수 있을지 몰라도 정작 중요한 대결에서는 결국 지고 말 것이다."라는 말도 있지 않은가! 어떤 사람들은 시종일관 자신이 옳다거나 또 이겼다고 주장하고 또는 남의 불행을 자신의 행복으로 여기면서 자화자찬에 빠지기도 한다. 이런 사람들에게 충고해 주고 싶은 말이 있다. "당신이 한 가지 일을 똑바로 해냈다고 그렇게 득의양양해하진 마세요. 잘못한 일이나 먼저 용감하게 인정하시지요."라고 말이다.

그리고 당신이 정말 싫어하는 사람이 있다고 한번 가정해 보자. 당신이 실수했을 때 그가 당신을 마구 헐뜯는다면 당신은 화를 내기 전에 '이 사람은 심리적으로 약간 문제가 있다'고 파악해야 한다. 같은 이치로 또 한번 따져 보자. 항상 단호하게 자신이 옳다고 말하고 그것을 증명해 보이려는 사람이 있다. 다른 사람들은 그를 존경하고 좋아하기야 하겠지만 어떤 부분에서는 멀리하는 태도를 보일 것이다.

우리는 결혼 생활이 위태로운 부부를 자주 만날 수 있다. 그 원인을 따져 보면 결국 하나밖에 없다. 남편과 아내가 각자 자신의 의견만 고집하고 자신만 옳다고 우겨대기 때문이다. 그러다가 상대방이 틀렸다는 걸 증명이라도 한다면 아마도 상대방을 절대 용서하지 않을지도 모른다. 하지만 이런 행동은 부부 사이에 애정과 관심을 전혀 발전시킬 수 없다. 오히려 경쟁과 방어 심리만 부추기고 심하면 파경에까지 이를 뿐이다.

이 위기에서 벗어나는 관건은 우리 모두가 '사람이라면 누구나 실수할 수 있다'고 솔직하게 인정하는 것이다. 당신이 실수를 했다고 치자. 하지만 그렇더라도 절대 감추려고 무조건 자기가 다 옳은 척하지 마라. 사실, 자신이 실수를 저질렀다고 인식하는 과정은 어떤 의미로든 자기 자신에게 도움이 된다. 당신은 실수를 해도 이를 통해 교훈을 얻을 수 있다. 그리고 다른 사람들은 당신의 사람 됨됨이에 감동받고 당신을 더욱 신뢰하게 될 것이다.

"죄송합니다, 미처 신경 쓰지 못했네요. 제가 잘못했어요." 이렇게 솔직하게 실수를 인정하라. 자신의 실수를 감추고 부인하면 도리어 자신의 인격 완성에 해가 될 뿐이다.

기꺼이 '벤치 선수'가 되라

아무리 좋은 사람만 계속 만난다고 해도 일평생 한 번도 '푸대접' 당하지 않고 살기는 힘들다. 그러므로 푸대접받는 자신을 자책하고 이것저것 의심하기보다는 차라리 마음가짐을 고쳐먹고 '푸대접' 상황에서 벗어나는 편이 낫다.

축구 경기를 보면 운동장에서 뛰는 열한 명의 선수 말고도 이른바 '벤치 선수'가 있다. 90분이나 되는 경기가 끝날 때까지 겨우 몇 분만 뛰는 선수도 있고 아예 출전하지 못하는 선수도 있다. '벤치 신세'라는 말은 여기서 생겨난 것이리라. 그렇지만 어느 누구도 '벤치 선수'가 능력이 없다거나 창피하다고 생각지 않는다. 아무리 뛰어난 국가대표 선수라도 사람이니까 '실수'할 때가 있다. 그럴 때는 '벤치 선수'가 될 수밖에 없지만 아무나 '벤치 선수'를 감당하는 것은 아니다. '벤치 선수'로 남을 용기가 필요한 것이다. '벤치'에 앉을 수 있어야만 진정한 팀원이며 기회가 왔을 때 경기를 뛸 기회가 생긴다. '벤치'에 앉지도 못하면서 시합에서 이기느니 지느니 왈가왈부하지 마라. 마음가짐을 다잡지 못하면 시합에서 진 거나 다름없다.

전문대 대외무역학과를 졸업한 학생이 있었다. 그는 졸업후 곧바로 외국 무역회사에 취직했고, 그 무역회사의 사장은 다양한 업무 능력을 두루 갖춘 그를 막 입사했을 때부터 매우 아꼈다. 그런데 어찌된 영문인지 특별하게 실수한 것도 없었는데 어느 날 그는 대기발령을 받았다. 사장은 1년 동안이나 그에게 이러쿵저러쿵 상황을 묻지도 않고, 중요한 업무를 맡기지도 않았다. 그렇지만 그 역시 사장을 원망하지 않았다. 자신이 4년제 대학 출신이 아니어서 무시당하는 거라며 억울해하지도 않았고 다른 이유를 따져 묻지도 않았다. 그저 자신은 아직 신입사원이기 때문에 이런 '푸대접'을 받는 것이 당연하다고 생각할 뿐이었다. 실제로 사장은 그를 다시 불러들여 1년간 묵묵히 일한 것을 높이 평가했고 그의 실력에 맞는 승진도 시켜 주었다.

우리는 자신이 너무 뛰어나서 절대로 '푸대접' 받을 일이 없다고 착각해서는 안 된다. 주변을 살펴보면 푸대접 당하는 경우는 몇 가지로 좁혀진다. 첫째, 직장에서 잘릴 정도는 아니지만 본인 능력이 부족해서 사소한 일밖에 못하는 경우이다. 업무에서 실수를 몇 번 저질렀기에 사장이나 상사는 당신의 업무 능력을 신뢰하지 못하고 결국은 '잠시 두고 지켜보자'고 결론 내렸을 것이다. 둘째, 사장이나 상사가 당신을 시험하는 경우이다. 큰일을 해내려면 어려움에 맞설 도전 정신과 인내심은 필수요, 혼자 어려움을 견뎌낼 수 있는 강인한 근성도 갖춰야 한다. 회사는 이렇게 한 사람을 크게 키우고자 어려운 일을 맡길 때가 있다. 반대로 아무 할 일도 없게 만들어 그가 어떻게 반응하는지 살펴보면서 회사 분위기에 맞게 적응 훈련을 시키는 방법도 있다. 셋째, 주변 환경에 변화가 생긴 경우이다. "시대가 영웅을 만든다."는 말도 있듯이, 많은 사람들은 당시 환경에 맞게 성공을 이루었다. 그의 개인적인 조건이 당시 환경에 딱 맞아떨어졌을 때 그럴 수 있다. 하지만 막상 그 시기가 지나면 한때 영웅이었던 그도 무용지물이 되어 버린다. 이 경우 영웅도 '벤치 신세'로 전락할 수밖에 별도리가 없다. 넷째, 상사나 사장에게 실수했을 경우이다. 넓은 아량을 가진 사람이라면 작은 실수 정도야 눈 감고 넘어가겠지만 사람이란 원래 감정적 동물이다. 사장이나 상사가 당신의 언행 때문에 화가 났다면 아마 당신은 곧 '벤치 신세'로 전락하고 말 것이다. 다섯째, 당신이 사장이나 상사에게 위협이 될 경우이다. 당신의 능력이 너무 뛰어나서 또 그것을 적당히 감추지 못하면, 사장이나 상사는 당신 때문에 불안을 느낄 것이다. 이럴 경우 당신은 틀림없이 냉대를 받는다. 사장은 당신이 경영권을 앗아갈까봐 또 상사는 당신이 그의 자리를 노릴까봐 걱정하게 되므로 결국 '푸대접'은 시간문제이고 필연적일 수밖에 없다.

이 밖에도 '푸대접'을 받는 이유는 일일이 손에 꼽기 힘들

정도로 많다. 사람들은 자신이 냉대를 받으면 대부분 자신의 잘못을 후회하거나 이것저것 의심해 보지만 실제로 냉정하게 생각하여 원인을 찾는 경우는 드물다. 그런데 곰곰이 생각해 보면 '푸대접 받고 벤치 신세가 되는' 일이 절대 창피한 일만은 아니다. 그 기회를 잘 살리면 자신의 마음가짐을 조절할 기회를 얻을 수 있기 때문이다. 때를 잘 기다려 '벤치 신세'를 벗어난다면 기회가 왔을 때 다시 한 번 실력을 떨치게 될 것이다.

그리고 푸대접 당했을 때 부정적인 요소를 긍정적으로 바꿀 방법이 있다. 첫째는 자신의 능력을 쌓는 것이다. 중요한 직책에 발탁되지 못했다면, 바로 그때를 당신이 자료를 수집하고 각종 정보를 얻는 최적의 시기로 삼자. 적절한 때를 기다리며 능력을 쌓다보면 당신을 더 높이, 더 빛나게 할 기회를 잡을 수 있다. 그리고 '푸대접'을 받을 때에도 다른 사람들은 항상 당신을 주시한다는 사실을 의식하자. 만약 이때 자포자기해 버리면 혹평이 쏟아질 것이고, 설령 당신이 부족한 점을 고친다 해도 원상복귀는 힘들어질 것이다. 둘째는 자신을 낮추고 겸손한 태도로 좋은 인간관계를 형성하는 방법이다. 우리 주위에는 선량한 사람만 있는 것은 아니다. 당신을 헤어나지 못할 궁지로 몰아넣으려는 비열한 사람들도 있다. 안타깝게도 당신이 '푸대접'을 당할수록 그들은 당신이 영원히 재기하지 못하길 바란다. 그러므로 자신을 낮추고 폭넓게 좋은 인연을 만들어야 한다. 푸대접을 당하더라도 그때는 용감하게 나서서는 안 된다. 일에도 아무런 도움이 되지 않을 뿐더러 당신이 재능을 펼칠 기회를 놓치게 돼 결국은 더 답답해진다. 셋째는 너그러운 마음을 가지는 것이다. 언행은 가벼워도 자신의 품격을 담담하게 드러내는 한편 여유가 있어야 한다. 사람들은 기어이 상처를 끄집어내고서 아무렇지 않은 척하는 것보다 그런 모습을 훨씬 좋아한다.

요컨대, 자기가 '푸대접'을 받았다고 해서 절대 기죽지 마라. 푸대접에는 침착하고 냉정하게 맞서고 이성적으로 곤경을 이겨내라. 온화한 마음가짐, 자신을 낮추는 태도로 자신의 진심을 드러내면 머지않아 다른 사람들의 존경과 인정을 한 몸에 받게 될 것이다.

경쟁 상대에게 도움을 청하라

누구나 다른 사람에게 존경받고 싶은 욕구가 있다. 다른 사람에게 도움을 청한 일 역시 마찬가지다. 도움을 요청한다는 것은 이미 상대방이 능력 있고 좋은 사람이라는 걸 인정한다는 뜻이기 때문이다. 상대방에게 도움을 청하면 상대방은 자신이 아주 중요한 사람이라고 느끼게 되고 이로써 우정과 협조를 얻을 수 있다. 때때로 이렇게 '도움을 받는' 일은 일부러 생각해낸 방법일 수도 있다. 자신을 약자 위치에 놓아 상대방에게 우월함을 확인시켜 주고 약자를 도와야겠다는 선의를 불러일으키려는 목적이다.

한번은 그 유명한 카네기가 프랑스에서 여행을 하다가 길을 잃었다. 그는 자신이 몰던 포드를 세우고는 허름한 옷차림의 그 지방 농부들에게 길을 물었다. 농부들은 카네기의 옷차림과 차를 보고 백만장자가 틀림없다고 생각했다. 그들은 그런 대단해 보이는 부자가 자기에게 도움을 청한 것을 영광으로 생각했다. 자신이 중요한 사람이라는 느낌을 받은 그들은 공손하게 묻는 카네기에게 각자 와자지껄 이야기하기 시작했다. 그중 한 젊은이는 좀처럼 드문 기회를 만나서 아주 흥분했고, 카네기 바로 앞까지 비집고 나서서는 결국 혼자 길을 설명하는 영광을 차지했다.

우리도 실생활에서 이 방법을 직접 실천해 보자. 다음에 길을 잃으면, 경제적으로나 사회적으로 당신보다 조금 처진다고 생각되는 사람에게 가르침을 청해 보라. "어디 어디까지 어떻게 가야 하는지 알고 싶은데요."라고 말이다. 아마 당신은 아주 좋은 결과를 얻게 될 것이다.

벤저민 프랭클린 역시 이 방법을 이용하여 자신에게 무정하게 대했던 사람을 가장 절친한 친구로 바꾸어 놓았다. 그는 젊었을 때 재산을 몽땅 털어 작은 인쇄 공장을 차렸다. 회의에 사용하는 서류 인쇄 건을 따내려고 방법을 강구한 끝에 그는 필라델피아 주 의회 문서사무원이 되었다. 하지만 그가 마주한 것은 회의에 관련된 엄청난 압박이었다. 그런데다가 공교롭게도 회의에 참석하는 의원 중 제일가는 부자에 능력도 가장 뛰어난 한 의원이 별다른 이유도 없이 프랭클린을 너무 싫어해서 언젠가 한번은 그를 공개적으로 질책하기까지 했다. '어떻게 해야 나를 좋아하게 만들 수 있을까?' 프랭클린은 고심에 고심을 거듭했지만 만족할 만한 결론을 얻지 못했다. 그는 결국 '적수'에게 도움을 요청하기로 마음먹었다. 즉, 그는 상대방을 치켜세움으로써 상대방이 존경받는다는 생각을 하게끔 하려는 것이었다.

프랭클린은 도서관에 있는 희귀한 책들을 며칠 동안만 자신이 볼 수 있게 해 달라고 그 의원에게 쪽지를 보냈다. 일주일 후, 프랭클린은 책을 반납하면서 정말 감사했다는 내용의 편지 한 통을 넣어 보냈다. 프랭클린은 결국 상대방의 자존심을 적절히 높여 주는 방법으로 상대방과 화해를 할 수 있었다. 그 다음에 회의에서 다시 만났을 때 상대방은 뜻밖에도 아주 반가워하며 프랭클린에게 먼저 인사를 건넸다. 그것도 아주 예의 바르게 말이다. 그 일 이후 프랭클린은 자주 그에게 도움을 청했고 그 역시 기꺼이 프랭클린을 도왔다. 두 사람이 절친한 친구가 되었음은 물론이다.

다른 사람에게 도움을 청하여 그의 마음을 얻은 프랭클린의 이 방법은 오늘날에도 여전히 배울 만한 매우 가치 있는 처세술이다.

베서머도 이런 식으로 큰 성공을 거둔 사람이다. 납 파이프와 보일러 재료 마케팅 업체를 운영하던 그는 업무량과 신뢰도가 모두 뛰어난 업자와 협력하고 싶었다. 하지만 유감스럽게도 업계에서 일인자였던 상대방은 무례하고 냉정하기로 소문난 사람이어서 베서머는 그의 사무실에 들어설 때마다 매번 시간을 뺏지 말라는 호통을 들으면서 물러나야 했다. 하지만 그는 전혀 기죽지 않고 다시 다른 방법으로 그에게 다가갔다. 다행히 그 방법은 효과가 아주 좋아서 이후로 그는 업계

일인자와 파트너십을 굳게 다지고 좋은 친구가 될 수 있었다.

베서머 씨가 사용한 단계별 방법은 다음과 같다.

베서머 사는 롱아일랜드 퀸스빌리지 지역에 회사를 한 곳 매입하려고 계획했는데 운 좋게도 파트너로 점찍은 그 남 파이프 회사가 그 일대를 잘 알았고 단골손님도 많이 확보해둔 상황이었다. 베서머는 이 기회를 잘 이용해 보기로 마음먹었다. 그래서 이번에는 그를 방문하면서 제품 세일즈를 하려는 게 아니라 사장님께 가르침을 받으러 온 것이라며 시간을 내달라고 정중하게 물으며 슬쩍 다가섰다.

"저희 회사에서 퀸스빌리지 쪽에 회사를 하나 차리고 싶은데 사장님께서 그 지역에 정통하시다고 들었습니다. 그래서 도움을 좀 받을 수 있을까 싶어 찾아뵈었습니다."

그러자 파이프 업체 사장은 평소와 달리 무척 예의 바르게 자리를 권하면서 귀찮은 기색 하나 없이 약 한 시간가량 그곳의 특징과 이점 등을 찬찬히 설명해주었고, 판로를 넓힐 수 있는 방법과 함께 계획한 곳에 지사를 내지 말라는 충고까지 해주었다. 그 만남을 통해 두 회사는 서로 굳건한 파트너십을 구축할 수 있었다. 베서머가 도움을 청한 행동은 상대방에게 '자신이 중요한 사람'이라는 느낌을 받게 했다. 베서머는 이 방법을 잘 활용하여 자기 식구들에게조차 윽박지르기만 하던 사람과 획기적인 계약을 마침내 성사시켰다.

이러한 예는 바로 상대방에게 자신을 도울 수 있는 기회를 주었을 때 생기는 신기한 효과를 잘 설명해 준다.

다른 사람들과 함께 하는 과정에서 가끔은 자신을 낮추기 싫을 때도 있다. 그러나 다른 사람을 받들고 존중해 주면 그 사람에게서 따뜻한 말과 행동을 선물 받을 수 있을 뿐 아니라 그들이 나를 위해 기꺼이 일해 줄 기회도 얻을 수 있다!

When Is
Modest
Succeeds

성인은 이름이 없고
패인은 실체가 없다

진정한 성인聖人은 수련 끝에 무아의 경지에 이르고, 진정 큰 인물은 마침내 혼돈 상태에 이른다. 무아의 경지에 이른 사람이 어찌 그 이름 따위에 신경을 쓸 것이며 또한 사람에게 어찌 실체가 있을 수 있겠는가! 사람을 성인이라 하는 것은 도를 이루었음을 극진히 표현한 것이요, 하늘이 크다는 것은 형체가 이치를 이룬것을 넓게 표현한 것이니, 닮음의 이치 역시 여기서 비롯된다. 이름을 따르고 실체를 숨기면 그때야 비로소 성인, 해인의 경지에 이르러 영원할 수 있다.

몸값이 치솟을 때
초심으로 돌아가라

사장과 함께 십수 년을 일에만 매달렸던 한 사람이 있었다. 그는 어느새 불혹을 훌쩍 넘겼지만 끝까지 업무 책임자로 열심히 일했다. 그런데 믿을 수 없는 일이 벌어졌다. 한창 나이에 담력과 식견, 경력까지 두루 갖춘 그가 15년 동안 몸담았던 회사를 떠나게 된 것이다. 그가 입사했을 때 회사는 소형 가전제품을 취급하는 중소기업에 불과했다. 그래도 그는 정말 열심히 일했다. 그는 '자신을 알아주는 사람을 위해서라면 고생도 마다하지 않는' 호기를 지녔기에 보수는 생각지도 않고 날

마다 일에만 신경을 썼고 그런 그의 모습에 사장도 그를 소홀히 대하지 않았다. 그래서 두 사람은 마치 형제처럼 가깝게 지내던 터였다. 사업도 이와 함께 일사천리로 잘 풀려나갔다. 이런 노력 끝에 회사가 성장하면서 점차 외국 가전도 들여오기 시작했다. 그는 장장 6개월에 걸쳐 전국에 대리점을 세웠고, 있는 힘껏 노력한 그에게 사장도 매우 만족해했으며 보수도 계속 치솟았다.

회사가 어느 정도 규모를 갖추고 신입사원도 끊임없이 늘어나자 그는 잠시 마음을 놓고 틈나는 대로 휴가를 즐기기 시작했다. 또 사장이 지시한 중요한 업무를 부하직원들에게 넘겨주기도 했다. 그는 이미 '덕망 높은 베테랑'이었고, 자신이 큰 공을 세워서 이제는 '유유자적'할 수 있게 된 것에 대만족했다. 그런데 몇 개월 후, 사장은 그의 책상 위에 수표를 한 장 올려놓고는 이제 회사를 떠나 달라고 말했다. 설마 사장이 그런 결정을 할 줄은 짐작하지 못했을 뿐만 아니라 그는 도저히 이해할 수가 없었다. 그러나 친구들과 예전 부서 동료들의 지적을 들으면서 비로소 자신이 회사에서 밀려날 수밖에 없는 이유를 깨닫게 되었다. 그로서는 너무 안타까웠지만 현실을 받아들일 수밖에 없었다.

이야말로 '공신 죽이기'의 확실한 사례다. 실제 모든 사장은 '공신을 자른다.' 그리고 공신에게도 '잘리는 이유'는 분명히 있다.

우선 사장의 입장부터 살펴보자. 단순히 사사로운 이익에만 눈이 먼 어떤 사장은 어느새 영향력이 부쩍 커진 공신이 자신의 이익과 명예를 앗아갈까 우려한다. 또 일부는 오로지 천상천하 유아독존 식으로 절대적 성취감을 맛보기 위해 공신 죽이기를 단행한다. 또 다른 일부는 '토끼'가 죽었으니 '개'는 이미 무용지물이라는 식으로 일을 진행한다. 비록 자신을 위해 노력한 공신이지만 눈앞에 놓인 성과물을 나누려니 거치적거리는 것이다. 그래서 아예 몰아내야겠다고 판단해 버린다.

이번에는 공신 입장에서 말해보자. 어떤 이는 회사의 '오늘'이 있는 것은 자신이 사장을 힘껏 도운 덕분이라며 권력과 높은 보수, 심지어는 사장의 고유한 결정권 일부까지 요구한다. 또 어떤 이는 그동안 쌓은 엄청난 위업으로 부하직원들에게서 호감과 존경심을 얻자 사리사욕에 눈이 멀기도 한다. 이런 부류는 자기 세력을 만들어서 사장을 위협하고 그에 상응하는 보상을 요구하기도 한다. 또 다른 이들은 자신이 일군 성과에 취해 사장이라는 '윗분의 존재'를 까맣게 잊어버린 채 자기 자랑에만 바쁘다.

요컨대 사장은 어쨌거나 공신 때문에 위협과 박탈감을 동시에 느끼게 되며 또한 공신 때문에 자존심에 상처를 입거나 지위를 유지하는 데 부담을 느끼는 상황도 원치 않는다. 때문에 종국에는 각종 명목을 내세워 공신을 '처치해' 버리는 것이다. 솔직히 말하면 '처치할 수밖에 없는' 공신도 가끔 있다. 공을 세우고 나자 금세 안하무인이 돼버리는 사람들 말이다. 이런 사람들을 '처치'하고 나면 오히려 판도가 더 분명하게 정리되어 사장이 회사 분위기를 확실히 휘어잡는 경우도 있다. 그러니 공신 죽이기라고 해서 무조건 욕먹을 일은 아니다.

그러나 어찌됐건 간에 '처치'는 사람들에게 상실감을 안겨주기 마련이다. 당신이 사장은 아니더라도 능력이 있다면 공신이 될 기회가 얼마든지 있다. '처치'의 위험이 두려워 미리

부터 '공신'이 되길 겁낼 필요는 없다. 마음껏 능력을 펼치고 적절한 시기에 자신의 태도를 정리하면 그만 아닌가? 우리가 안전하게 태도를 정리하는 방법에는 여러 가지가 있다.

첫째, 당신의 주가가 한창일 때 과감하게 물러나 다른 길을 찾는다. 공신이라고 해서 필연적으로 '처치 당하는' 것은 아니지만 가능성은 항상 존재하니까 말이다. 더욱이 사장과 함께한 시간이 길수록 그 위험도 커진다. 사장이 당신을 정말 아낄 때 영광스럽게 떠나 다른 세상을 찾는 것이 속 편하다. 그런데 어쩌면 당신은 과감하게 떠나지 못할 수도 있다. 그럴 때는 적어도 당신이 물러나는 듯한 태도를 보여라. 그런 모습은 사장에게 당신이 자신을 낮추는 것으로 보일 수 있으므로 아마 당신의 이런 행동을 마음에 들어 할 것이다.

둘째, 자신의 성과를 감추고 자신을 드러내지 않는다. 예를 들어, 그동안 모든 영광이 사장에게만 돌아가고 당신은 아무런 공이 없는 것처럼 비춰졌다면 현재는 사장의 명성만 있고 당신의 이름은 사라진 지 오래일 터이다. 그러나 그렇다고 해서 곧이곧대로 당신의 공을 언급해서는 안 된다. 그런 행동은 엄연히 사장과 맞서 보겠다는 태도이다. 공신이 그렇게 나오는데 사장이 일 잘한다고 기뻐할 리 있겠는가?

셋째, 당신의 포부를 담담히 밝히고 영원한 공신으로 남는다. 아마도 기회는 당신을 여러 번 찾아올 것이다. 당신은 기회가 올 때마다 놓치지 말고 자신의 웅대한 포부를 잘 나타내면서도 왕이 되고픈 욕심은 없다는 걸 누누이 밝혀 줘야 한다. 영원히 사장의 사람이라는 약속도 함께 각인시키면서 말이다. 만약 당신이 야심이 큰 사람이라는 사실을 사장이 알게 된다면 그 순간부터 그는 당신에게 휘둘릴까봐 전전긍긍할 것이다. 아마도 사사건건 비즈니스 기회를 당신에게 빼앗길까 두려워할 것이니 당신을 '손보는' 일은 시간문제다.

끝으로, 시의적절하게 자신의 가치를 계속 드러낸다. 공신들 대다수는 '이미 공을 세워 회사에 막대한 이익을 안겨 주었으니 이제는 쉬엄쉬엄 해도 되겠지.'라고 생각하는 경향이 있다. 하지만 이는 자진해서 퇴화하는 무리에 들어가는 짓이고, 결국 '처치 당할' 뿐이다. 그러므로 언제든지 자신의 가치를 드러낼 수 있도록 끊임없이 노력해야 하며 더불어 사장이 당신을 가벼이 볼 수 없도록 해야 한다. 만약 그렇지 못해 일단 무능력자로 찍히면 쓰레기 취급을 당할 수 있다. 일이 그렇게 된 바에야 당신이 예전에 공신이었는지 아닌지 그 누가 관심이나 기울이겠는가!

앞의 이야기로 돌아가서, 그 남자는 자신이 그리도 무참히 잘릴 것이라고는 단 한 번도 생각해 본 적이 없었다. 물론 많은 사람들이 그의 처지에 공감은 한다. 하지만 사장의 행동에도 고개를 끄덕일 것이다. 그러니 역시 자신을 낮추는 것은 한 번쯤 다시 생각해 볼 필요가 있을 것 같다.

이런 점에서 크게 성공한 인물을 소개할 텐데, 이 사람은 그야말로 '한 수 위'다. 바로 중국 춘추전국시대 저명한 병법가로 이름 날렸던 오吳나라 출신 손무孫武이다. 당시 중원의 제후국 중에서는 초나라가 가장 강한 대국이었고, 오나라는 이에 전혀 적수가 되지 못했다. 그렇지만 손무의 책략 덕분에 오나라는 초나라 수도였던 영도郢都: 지금의 호북성湖北省 강릉현江陵縣 -옮긴이까지 진격하기에 이른다. 이때 초나라는 오랫동안 다시 일어서지도 못할 만큼 무너졌다.

인생은 겸손에 대한 오랜 수업이다.

초나라를 격파하고 개선한 손무의 공은 따지나마나 공신 1순위였다. 하지만 그는 상을 바라지 않았고 오나라 군사를 이끄는 장수직도 굳이 마다했다. 그러고는 관직에서 물러나 칩거하기로 마음을 굳힌다. 오나라 왕은 그런 그가 아쉬워 재삼 그를 만류했지만 손무는 끝까지 고집을 굽히지 않았다. 궁리 끝에 오나라 왕은 오자서伍子胥를 급파해 그를 설득해 보려고 했다. 손무는 오자서가 온 것을 보고 진심을 다해 이야기를 했다.

"자네, 자연의 법칙을 아는가? 여름이 가면 겨울이 오기 마련이라네. 오나라 왕께서는 나라의 강성함을 믿고 도처에서 전쟁을 벌여 공을 세웠지. 물론 나라에 불리하게 돌아갈 일은 없겠지만 문제는 그 때문에 교만함이 생겼다는 점이네. 공을 세운 후에 몸을 사리지 않으면 결국은 끝없는 후환이 올 것이라는 점을 알아야 해. 지금 나는 자네도 은거하라고 권해 주고 싶네."

아쉽게도 오자서는 손무의 제안을 받아들이지 않았다. 말이 통하지 않자 손무는 그냥 자신만 물러나서 홀연히 칩거에 들어갔고 그의 마지막은 아무도 모른다.

후에 손무의 예상대로 오나라는 합려閤閭와 아들 부차夫差 2대에 걸쳐 왕이 군대를 돌보지 않고 방탕한 생활에만 빠져 국력이 갈수록 쇠약해졌고, 결국 오나라는 힘만 믿고 설치다가 화를 부른 꼴이 되었다. 후에 부차가 월越나라 왕 구천勾踐에게 누명을 쓰고 왕은 물론 나라도 멸망해 버린 것이다. 당시 손무의 말을 듣지 않은 오자서는 오나라가 망하기도 전에 부차에게 일찌감치 목이 베여 성문에 걸리는 수모를 당했다.

모든 역사적 사건은 한 줄기 연기가 되어 사라지지만 사람들에게 주는 가르침은 영원하다. 성공에 취해 우쭐대지 말고 이성적으로 처세해야 한다는 점이다.

'겸양어'도 하나의 전술이다

'겸양어'는 상대방을 인정하고 존중한다는 의미로 겸손하게 행동하거나 양보하는 태도를 가리킨다. 다시 말하면, 한 사람이 인간관계를 맺으면서 상대방에게 일부러 저자세를 취하는 것이다. 한 걸음 물러서면 더 넓은 하늘을 볼 수 있다. 우리는 '2보 전진을 위한 1보 후퇴'라는 말처럼 앞으로 나아가려면 물러설 줄 알아야 한다. 목적이 있어 물러서는 것을 임기응변이라 치부할 수도 있겠으나 '겸양어'는 실제로 매우 효과적인 처세 방법임을 기억하자.

어느 산골 마을의 지부서기支部書記가 일꾼들을 데리고 도로를 수리했다. 돌을 깨는 과정에서 한 농가의 배나무를 훼손시켰는데 하필 그 농가의 재원이었다. 주인은 지부서기를 붙들고 배상을 요구했다. 지부서기는 가을이 지나면 꼭 배상하겠다고 했지만 주인은 당장 배상하라고 요구하며 도통 받아들이지를 않았다. 한참을 실랑이한 끝에 집 주인의 형제들까지 우르르 몰려와서는 지부서기를 아주 흠씬 두들겨 패주었다. 그러자 마을 당원과 주민들은 모두 화가 나서 관리를 때린 사람은 모질게 손봐줘야 한다고 나섰다. 바로 이튿날 주민 회의가 열렸고 소동을 일으킨 사람 역시 비난을 받아들이겠다고 생각했다. 그런데 뜻밖에도 지부서기는 먼저 자신을 반성하기 시작했다.

"여러분, 저는 아직 젊어서 모르는 것이 많습니다. 이런 미숙한 제가 지부서기로서 여러분을 도와드려야 합니다. 그러니 제가 무슨 일을 잘못했는지, 무슨 말을 잘못했는지 지적해주시면 반성하겠습니다."

이렇게 말하고는 구타를 당한 일은 전혀 언급하지 않았다.

주민 회의가 끝나자 그 배나무 집 형제들은 지부서기를 찾아가 직접 잘못을 빌었다.

"당신은 마을을 위해 한 일이고 저는 우리 집만을 위해 한 일이니 제 잘못입니다. 이제 당신이 하는 일에 딴죽을 걸지 않겠습니다."

사실, 그 사건이 있기 전까지는 지부서기도 권력이 그다지 크지 않았다. 하지만 그는 '겸양어'라는 전술을 이용해 소동을 벌인 사람을 수월하게 이길 수 있었고 마을 사람들에게도 '관리'로서 인정받을 수 있었다.

우리는 살아가면서 평범하고 선량한 사람만 만나지는 않는다. 우리는 복잡다단한 인간관계 속에서 괴팍한 사람도, 어딜 가나 튀는 행동을 일삼는 충동적인 사람과도 부딪힌다. 이처럼 보통의 방법으로는 원하는 대로 일이 해결이 되지 않을 때 '1보 후퇴, 2보 전진'이라는 이 방법을 한번 이용해 보라. 양보하는 말 몇 마디가 문제를 해결할 수도 있다. 이는 마치 활쏘기와도 같다. 활을 쏠 때 화살을 앞으로 더 멀리 쏘기 위해 시위를 뒤로 힘껏 당기는 것처럼, 표면적으로는 한 발자국 물러서지만 실제로는 상대방을 공격하는 것이다.

겸양어의 효과는 실로 크다. 위의 사례에서도 보듯이, 그 마을 지부서기는 겸양어의 도리를 너무나도 잘 알았다. 그는 훗날을 위해 굴욕을 견뎌낸 것이다. 그의 인내와 양보는 나약함이 아니라 용감한 행동이 가져온 결과다.

일상생활에서 사람들은 종종 두 세력의 중간에 끼게 되는 경우가 있다. 두 세력은 정말 치열한 다툼을 하면서 서로 당신에게 지지를 바란다. 그래서 반드시 그중 한쪽을 선택해야 하는데, 자칫 섣부르게 결정했다가는 모든 것이 물거품이 돼버릴 수 있다. 그러므로 항상 자신이 물러설 곳을 마련해 두어야한다는 점을 명심하라. 거기에 겸양어가 자신의 차선책을 마련하는 중요한 수단임도 잊어서는 안 된다.

경청하는 것이
마음을 더 사로잡는다

남의 말을 경청하는 것이야말로 다른 사람을 배려하는 가장 좋은 방법이다. 다른 이의 말을 잘 들어주는 행동은 상대방에게 "당신을 지지합니다."라고 의사를 표현하는 것과 같다. 이야기도 잘 들어주고 지지를 보내오는데 그 누가 이를 거부할까? 다른 이들이 당신을 좋아하게 하고 싶다면, 먼저 다른 사람의 말에 귀를 기울여라. 조용히 다른 이의 말을 들어주는 사람은 자신을 그림자처럼 뒤에 두고 이야길 털어놓는 사람을 은연중에 주역으로 만들어 준다. 이렇게 늘 다른 사람에게 주역을 돌릴 수 있는 것도 능력이고 또 다른 자기 낮춤의 방식이다. 뿐만 아니라 중요한 순간에 다른 사람에게 자신의 말을 듣게 할 비법이기도 하다.

가장 성공한 비즈니스 교류의 비결은 무엇일까? 저명한 학자 일리야 씨는 이렇게 말한다. "뭐 별다른 비결은 없다. 그저 나한테 이야기하는 사람에게 집중하는 것이 최고다. 말하는 상대방에게 그것처럼 기쁜 일은 아무것도 없다. 그렇게 하다 보면 성공적인 사업 협력은 자연스럽게 따라온다. 그래서 나는 이것이 가장 효율적인 방법이라고 생각한다."

이 말 안에는 아주 분명한 이치가 들어 있다. 꼭 하버드를 나와야 깨달을 수 있는 것은 절대 아니다. 어수룩한 장사꾼들은 터무니없이 임대료가 비싼 곳에다 상점을 내고서 화려하고 고급스럽게 치장한다. 소품들도 값비싼 것들로만 들여놓는 것은 물론이고 광고비를 엄청나게 써댄다. 그런데 유감스럽게도 고객의 말을 귀담아 들을 줄 모르는 직원을 고용하는 실수를 범한다. 그런 직원은 고객이 말하는 까다로운 취향이나 상품평을 딱 잘라버리고는 고객과 시비를 벌이기 일쑤다.

우리는 고객들이 그런 점원의 태도에 마음이 상해 다시는 그 가게를 찾지 않는 경우를 종종 볼 수 있다.

실제로 다른 사람의 흠을 꼬치꼬치 들춰내길 좋아하는 사람, 불같이 화를 잘 내는 사람이 우리 주위에 많이 있다. 하지만 그러한 그들도 늘 포용하고 인내할 줄 알고 상대방의 말에 우호적으로 귀 기울일 줄 아는 사람과 마주하면 마음이 누그러지고 타협하게 마련이다. 그러므로 당신은 비록 상대방이 독사가 독을 토하듯 화를 버럭 내더라도 침착하게 마음을 잘 조절하고 자신을 낮춰야 한다.

여기 그 실례가 있다. 어느 날 아침, 단골 고객이 화가 머리 끝까지 난 채 유명 모직회사 대표의 사무실에 들이닥쳤다고 한다. 대표는 어떻게 문제를 해결했는지 그때의 상황을 나에게 말했다.

"그 고객께서는 우리한테 빚이 15달러 남아 있는데도 절대 인정하지 않으셨습니다. 우리가 보낸 청구서를 받자마자 그는 한달음에 시카고에 있는 제 사무실까지 달려왔답니다. 그러고는 저한테 절대 그 돈을 갚을 수가 없으며 앞으로 다시는 우리 회사 물건을 사지 않겠다고 고래고래 소리 질렀지요."

대표는 그의 이야기를 듣는 도중에 몇 번이나 말을 막고 싶었지만 아무 소용없겠다는 생각에 실컷 불만을 털어 놓도록 내버려뒀다고 한다. 고객의 흥분 상태가 진정되어 이제 다른 이의 말을 들을 준비가 되었다고 생각될 때쯤 대표는 그에게 차분히 이렇게 이야기했다.

"그런 일이 있었군요. 일부러 시카고까지 오셔서 알려 주시다니 정말 고맙습니다. 아주 큰 도움이 됐습니다. 저희 재무팀에서 고객님을 언짢게 했다면 다른 고객님들께도 역시 그럴 수 있다는 말인데 그거야말로 정말 큰일이잖습니까? 충고 정말 감사드립니다."

그리고 내게 이렇게 말해 주었다.

"그 고객은 제가 이렇게 나올 줄은 정말 몰랐다는 듯 어쩔 줄 몰라 하시더군요. 제 생각에 그 당시 그는 제 태도에 다소 실망했던 것 같아요. 그가 직접 시카고까지 왔을 때에는 뭔가 트집을 잡을 생각이었을 텐데 싸우기는커녕 오히려 제가 고맙다는 말까지 했으니 말입니다. 저는 그저 '아마도 계산에 착오가 있었나 보다'라고 진심을 다해 말씀드렸습니다. 그는 아주 꼼꼼한 고객이었어요. 영수증을 일일이 챙겨 봤던 거지요. 그래서 저는 아무래도 저희 직원들이 업무가 너무 많아 실수한 것 같다고 사과하면서 당연히 고객께서 저희보다 훨씬 확실하게 기억하실 것이라고 말씀드렸습니다. 또 그의 심정을 충분히 이해할 뿐만 아니라 제가 만일 똑같은 일을 당했어도 고객처럼 행동했을 것 같다고 말씀드렸지요. 마지막으로 저희 회사 물건을 다시는 사고 싶지 않다고 하셨기에 그분에게 다른 회사 몇 군데를 추천해 드리기까지 했답니다. 그 일이 있기 전까지 그분이 시카고에 올 때면 우리는 종종 함께 식사를 했습니다. 그날도 여느 때처럼 제가 그분에게 식사를 하자고 청하니 그분은 마지못해 승낙을 하더군요. 그런데 식사를 마치고 제 사무실로 돌아오자 그는 우리 회사 물건을 아주 많이 주문하고 나서 가뿐한 마음으로 돌아가셨지요. 이렇게 문제를 해결했구나 싶었는데 나중에 그분께 연락이 왔습니다. 자신의 결백을 다시 한 번 강조하려고 영수증을 확인해 봤는데 공교롭게도 다른 곳에 놓아둔 영수증 한 장을 찾아냈다는 거예요. 그분은 바로 저희 쪽에 15달러짜리 수표를 보내 주셨습니다. 정말 미안했다는 편지와 함께 말이지요."

이 사례야말로 고객의 불만에 귀를 기울여 쌍방의 관계를 잘 어우른 좋은 예라 할 수 있겠다. 사람들은 보통 '이제 무슨 말을 할까'에만 신경을 쓰지, 먼저 자신의 귀를 열고 상대방의 말을 경청할 생각은 잘 하지 않는다. 게다가 다른 이의 말에 귀를 기울이는 것은 자신이 한 수 낮아 보이는 행동이라는 경솔한 생각을 하기도 한다. 실제로 이런 경청할 수 있는 능력은 다른 어떤 좋은 성격보다도 갖추기가 훨씬 어렵다. 하지만 유명 인사들은 다른 이의 말을 경청해 주는 사람을 좋아하고 자신의 말을 딱 잘라 버리는 사람은 싫어한다는 사실을 참고하자. 또 그런 점은 유명인뿐 아니라 보통 사람도 마찬가지라는 것이다. 이를 증명하는 예로, 〈리더스 다이제스트〉에 '많은 사람들이 의사를 찾아가는 이유는 단지 자신의 말을 잘 들어주는 청중을 원하기 때문'이라는 기사가 실린 적도 있다.

미국 남북전쟁 중 상황이 가장 어려웠을 때, 링컨은 일리노이 주에 사는 오랜 친구에게 '의논할 일이 있으면 워싱턴으로 와 달라.'는 편지를 썼다. 링컨은 친구를 백악관으로 불러 당시 쟁점이었던 흑인 노예 해방 문제에 관해 이야기를 했다. 찬성하는 이유와 반대하는 이유를 설명하고는 그의 정책을 질책하는 글도 읽었다. 흑인 노예에게 끝내 자유를 주지 않을까 염려하는 사람이 있는가 하면 반대로 노예를 풀어 줄까봐 걱정하는 사람도 있었다. 그런 내용들을 다 살펴보고 나서 링컨은 친구에게 고맙다는 말을 전하고는 일리노이 주까지 그를 배웅했다. 그런데 이상하게도 링컨은 이야기하는 내내 한 번도 그 친구의 의견을 묻지 않았다. 마치 홀가분해지고 싶었다는 듯 모든 이야기는 링컨 혼자 다 했다. 그 친구는 링컨과 이야기를 다 마치고 나온 후에 이렇게 말했다.

"이야기를 마친 뒤에 링컨은 기분이 훨씬 좋아진 것 같았어요. 링컨은 내 생각이 어떤지는 묻지 않았어요. 그저 다정하게 자기 말에 공감해 주는 사람을 원했을 뿐이었지요. 자신의 고충을 실컷 털어놓을 수 있는 사람 말예요. 살다가 어려움에 빠졌을 때 정말 필요한 것이 바로 이것입니다. 화가 난 고객, 불만투성이 점원, 속상한 친구 등 모든 이들이 그렇게 해주기를 바란답니다."

　다른 이의 말에 귀 기울이는 행동은 어째서 이렇게 신기한
효과를 발휘할까? 이유를 살펴보자. 상대방의 말을 경청하면
상대방은 자신의 의견이 아주 의미 있다는 생각을 하게 된다.
자신이 당신을 가르친다는 느낌을 받기 때문에 말하는 사람
의 기분이 좋아지는 것이다. 그러므로 말하는 이는 당신에게
불만이나 바람도 흉금 없이 털어놓는다. 좀 더 정확히 말하면,
이렇게 남의 말을 잘 들어주는 것은 자신을 낮출 줄 아는 큰
비결 중 하나이다.

충분히 오래 들으면, 상대방은 대게
좋은 해결책을 알려주기 마련이다.

개성은 신중히 드러내라

누구나, 특히 젊은 사람들은 개성을 중요하게 생각하기 때문에 개성을 확연히 드러내는 대화를 아주 좋아한다. "누가 뭐라 하든지 그대의 길을 가라."는 격언도 있지 않던가! 요즘은 책이나 잡지, TV 같은 매체에서도 개성을 화제로 삼는다.

주위를 살펴보면 과학자, 예술가, 장군 등 모든 분야를 막론하고 독특한 개성을 지닌 명인들을 얼마든지 만날 수 있다. 사소한 부분에 구애받지 않았던 아인슈타인이나 난폭했던 조지 패튼 장군, 지적인 부분은 부족했지만 예술적 상상으로 가득했던 화가 반 고흐 등은 개성이 정말 뚜렷했던 사람들이었다. 위인들은 대부분 그들이 일궈낸 뚜렷한 성과 덕에 온 사회에 널리 알려진다. 그런데 사람들이 이렇듯 위인들에게 관심을 갖다 보니 보통 사람과는 다르게 두드러지는 그들만의 괴팍한 평소 행동마저 세인들의 입에 오르내리는 경우가 많다. 게다가 일부에서는 이런 기이한 행동이야말로 위인과 천재의 상징이요, 그들이 성공한 비결이라는 터무니없는 착각에 빠지기도 한다.

물론 위인들에게도 매우 독특한 개성이 있다. 그렇지만 그 개성은 창조적인 재능이나 능력 즉, 그들의 예술적 품격에서 드러나는 것이지, 남보다 한 수 위라는 오만한 자세에서 나온 것은 절대 아니다.

"만약 내가 다른 사람들보다 좀 더 멀리 볼 수 있다면, 그것은 거인의 어깨를 딛고 섰기 때문이다."

위대한 과학자 뉴턴이 한 말이다. 다른 위인들 역시 이런 마음가짐을 갖지 않았을까? 위인들은 그들이 이룩한 성과와 재능 덕분에 사회적으로 인정받을 수 있었던 것인데, 별 능력도 없는 평범한 사람이 마치 위인인 양 독특하게 행동한다면 아마도 다른 사람들에게 비웃음을 살지도 모른다.

그렇다면 젊은 사람들은 왜 그렇게 개성을 중요시하고 또 드러내려고 노력할까? 이쯤에서 그들이 드러내고자 하는 개성을 구체적으로 한번 살펴보자.

젊은이들이 드러내는 개성은 대부분 혈기왕성한 자기표현 욕구에서 비롯한다. 다른 사람이 자신을 우러러봐 주기를 원하는 것이다. 젊은이들은 매우 감정적이라서 자신이 느끼는 온갖 감정을 표출하고 싶어 하며 자신의 행동이 갖가지 복잡한 틀에 얽매이는 것을 싫어한다. 따라서 젊은이들이 표현하고자 하는 개성은 소수의 천재 혹은 위인들이 드러내는 개성의 표현과 질적으로 다르다. 물론 개성을 드러내는 게 숨기는 것보다는 훨씬 나을지 모른다. 하지만 단지 감정적으로 일을 처리하거나 혹은 자신의 허물이나 결점까지도 그대로 내버려두면서 제멋대로 구는 개성이라면 당신의 앞길에 전혀 도움이 되지 않는다.

젊은이들은 단테의 다음 명언을 자주 인용한다.

"그대의 길을 가라. 다른 사람이 뭐라 하든 내버려두고."

그런데 우리가 사회의 일원으로서 정말 이렇게 '거리낌 없이 시원스러워도' 되는 걸까? 지금 길을 가고 있었다 치자. 나만 생각해 교통법규를 지키지 않으면 바로 경찰이 달려와 벌금을 물릴 것이다. 또 나만 빠르게 가면 된다 생각하고 좌충우돌하면서 운전하다 보면 쉽게 교통사고가 나고 말 것이다. 따라서 "그대의 길을 가라. 다른 사람이 뭐라 하든 내버려두고."라는 식의 태도는 이 현실에서는 그다지 잘 통하지 않는 이치이다.

우리는 이 넓지 않은 공간에서 무수히 많은 사람들과 함께 살아간다. 그렇기 때문에 팔다리를 쭉 펴고 싶어도 우선 다른 사람과 부딪히지 않는지 살펴보고 조심해야 한다. 개성을 드러낼 때에도 마찬가지이다. 먼저 그것이 어떤 개성인지, 다른 사람들이 어떻게 받아들일지 고려해야 한다. 만약 다른 사람들을 억압하고 깔보는 개성이라면 드러내지 않고 얼른 고치는 것이 최선의 선택이다. 그러기 위해서 반드시 알아야 할 것이 있다. 바로 개성 표현이 자신의 허영을 방임하는 핑계가 되어서는 안 된다는 점이다. 사회는 우리가 가치를 창조해내길 원한다. 사회에서는 우리의 작품이 가치를 창조하는 데 도움이 되는지 안 되는지에 우선점을 둔다. 개성도 예외가 아니다. 가치를 창조해내는 데 도움이 되는 개성일 때에야 비로소 '생산적인 개성'으로 간주되어 사회적으로 인정받는다.

패튼 장군은 포악한 성격으로 유명했다. 그런데도 그가 인정을 받았던 이유는 전투에서 탁월한 공적을 세웠기 때문이다. 전장에 나가 싸우는 군인이 아니었다면 그는 아마도 그 포악함 때문에 사회에서 배척되었을지도 모를 일이다.

최근 우리 사회는 대중에게 어필하는 개성을 요구한다. 당신의 개성이 재능, 능력과 창조적으로 어우러질 때에야 비로소 사회에서 대접받는다는 점을 명심해라. 사람들이 용납하지 못하는, 자신의 버릇만 드러내는 개성이라면 상황은 당신에게 불리하게만 돌아갈 뿐이다. 사업에서 두각을 나타내고 싶다면 반드시 '창의적'이라는 범위 안에서 재능이 함께 드러나는 개성이어야 한다. 그리고 그 개성이 주위 사람과 조화를 이룰 때야말로 제대로 여문 현명한 선택일 것이다. 또 이럴 때라면 개성을 숨기지 말고 드러내는 것이 좋다.

사람은 누구나
같은 출발선에 있다

사회에 속한 대다수는 서민 출신의 보통 사람이다. 그렇기 때문에 일부 고위층에 속하는 사람들이 자신을 낮추려 들지 않으면 대다수의 보통 사람과 괴리된다. 그러다 보면 그들 사이에는 예전보다 벽이 한층 더 높아지고 결국 소통에 불편함이 초래된다. 그러므로 어떤 의미에서 보면 높은 지위에 있는 사람일수록 더 자신을 낮출 줄 알아야 한다. 자신을 잘 추스려야 인심을 얻을 수 있고, 자신을 바르게 할 줄 아는 사람만이 타인도 바로잡을 수 있다는 것을 명심하자.

스스로 낮추어 인간관계를 관리하자면 우선 누구나 차별 없이 똑같이 대하는 법을 배워야 한다. 어느 한쪽을 편애하거나 간에 붙었다 쓸개에 붙었다 해서는 안 된다. 색안경을 끼고 사회를 바라봐서도 안 된다. 게다가 외부의 영향이나 개인 감정에 휘둘려 사람이나 사물을 대하는 태도가 시시각각 바뀌어서도 안 됨은 물론이다.

사람들은 거의 대부분 일상에서 자신과 취미가 비슷하고 성격이 잘 맞는 사람과 만나기를 원한다. 그런데 이런 생각은 때로 그렇지 않은 다른 사람들을 은연중에 따돌릴 가능성이 있다. 그러므로 자신을 낮추자면 자신의 마음까지 적절히 조절할 줄 알아야 한다. 그리고 자신과 성격이나 취미가 다른 사람들을 더 많이 만나야 한다. 특히 예전에 자신의 의견을 걸고 넘어졌던 이들과 더 자주 만나고 교류하면서 불필요한 오해나 틈을 만들지 않도록 노력해야 한다. 일각에서는 업무능력이 탁월하고 자신과 잘 맞는 직원에게만 애정과 관심을 보이고, 그렇지 못한 직원에게는 일말의 관심조차 보이지 않는 지도자들이 있다. 이런 식으로 시간이 흐르다 보면 쌍방의 관계는 갈수록 소원해지고 거리감이 생길 수밖에 없다. 그러므로 자신을 낮추는 면에서는 위인들이 귀감이 될 수 있겠다.

저우언라이周恩來 전 중국 총리는 업무 관계로 베이징 호텔에 머무를 기회가 특히 많았다. 그럴 때마다 저우 총리는 호텔을 돌아보면서 호텔 책임자, 직원들과 인사를 나누며 호텔 업무와 생활에 관해 이야기를 나누었고, 호텔 직원들은 모두 저우 총리에게 특별한 감정을 가지게 되었다. 사실 그와 일을 해본 사람이라면 누구나 그를 지도자로, 그리고 진심으로 좋아할 만한 스승으로, 또 동시에 유익한 친구로 여겼다. 중난하이中南海 : 중국 권력의 핵심부-옮긴이의 사진사였던 쉬샤오빙은 "저우 총리는 자신을 공직에 있는 사람이라 생각하지 않고 마음속 깊은 곳에서부터 자신은 그저 일반 서민이라고 생각했다."고 그를 기억했다. 실제로도 그와 이야기를 할 때는 '우러러볼' 필요가 없었다. 그는 지도자임에도 불구하고 자신을 다른 사람의 위에 두지 않고 이야기하는 상대방과 중간 위치에 설 줄 아는 사람이었다. 이렇게 그는 모든 호텔 직원, 나아가 보통 사람들의 마음을 얻었다. 직원들은 저우 총리를 마치 가족처럼 여겨 그에게 온갖 이야기를 하고 또 그에 대한 의견을 듣고 싶어 했다. 개인적인 소망부터 요구 사항, 나라에 대한 건의도 있었다. 이렇게 사람들은 저우 총리에게만큼은 자신의 속마음을 꺼내 보이길 좋아했다. 그래서 저우 총리는 서민 계층과 대중에게서 가장 진실한 이야기를 들을 수 있었고, 역대 중국 총리 중에서도 가장 감정적 지지를 많이 받았다.

또한 트루먼 전 미국 대통령 전기에서도 그의 딸 마거릿 트루먼이 아버지가 자신을 낮춘 감동적인 이야기를 여러 차례 언급했다.

"아버지는 사무실에 앉아서 전화벨로 다른 사람에게 들어오라고 하는 것을 아주 싫어하셨습니다. 열에 아홉은 직접 찾아가셨지요. 어쩌다 다른 사람을 불러들일 때면 꼭 응접실 문앞까지 그를 마중 나오셨답니다. 백악관에서 업무를 처리하시면서 아버지는 늘 이런 식으로 다른 이들에게 따뜻함을 베푸셨을 뿐 아니라 절대 당신 자신을 최고 권력자라 생각하지 않았습니다. 이런 점이 바로 주위 사람들이 아버지에게 충심을 다했던 비결이었지 않나 생각합니다."

사람은 대중을 떠나 홀로 살 수는 없으며 평생 사람들과 어울려 지내야 한다. 가정, 학교 혹은 사회 그 어디서든 당신은 그 구성원 중의 한 명이다. 그러므로 당신이 처한 환경 안에서 다른 사람들과 대등하고 조화롭게 잘 맞춰나가야 한다. 그럴 때에야 비로소 행복과 즐거움을 모두 품에 안고 성공한 인생을 맛볼 수 있을 것이다.

즐거운 생활, 성공한 인생을 누리고 싶다면 사람들이 원치 않는 그 거만한 표정과 삐죽대는 입을 당장에 거둬들여라. 그리고 양미간을 풀고 미소 띤 얼굴로 주변 사람들에게 다가서라. 당신의 자존심은 거만함이 지켜주는 것이 아니라 자신을 낮추는 마음에서 시작해야 비로소 세울 수 있다.

명예와 이익에
연연하지 마라

이름은 명예이자 지위다. 그래서 이름이라는 것은 종종 이익과도 연결이 된다. 보통 이름이 알려지면 모든 일이 척척 풀리면서 더 큰 권력을 손에 쥘 수 있다. 이렇듯 이름과 또 그에 연결되는 이익은 정말 매력적이다. 아마도 이것은 중국의 봉건 전통인 '관본위官本位' 관념에서 영향을 받은 것이리라. 이름은 현대에도 사람들이 사회에 나아가 온갖 역경을 헤쳐 나갈 힘을 얻는 데에 한몫을 한다. 이제 부귀공명은 수많은 사람들에게 투쟁하는 목표이자 나아가 인생을 살아가는 목적이 되었다.

관직사회이거나 직업사회 같은 사회적 범주와 상관없이 성공한 사람, 입신출세한 사람, 명예와 이익을 모두 누리는 사람을 찾아보면 예상보다 소수라는 사실에 놀라게 된다. 사실 우리는 이런 이야기는 제쳐두고서라도, 명예와 이익에 지나치게 욕심내다 결국 실패의 늪에 빠지고 만 사람들이 훨씬 많다는 점에 주목해야 한다. 우리가 처한 현실은 이리도 냉엄한데, 어째서 우리는 항상 명예와 이익에 매달리게 되는 것일까? 좀 단순하게, 하늘에 떠가는 구름 한 점 쳐다보듯 할 수는 없는 것일까? 당신이 혹시 애매하기 짝이 없는 철학을 조금이라도 이해한다면 '생활'이라는 길은 좁은 골목 하나가 아닌 넓디넓은 대로라는 것, 그리고 인생의 가치는 명예와 이익만으로 가늠할 수 없다는 진리를 알 수 있을 것이다. 그러므로 현재를 벗어나 좀 더 흥미롭게 살고 싶다면 명예와 이익이라는 잣대는 옆으로 좀 치워 버리고 담담할 수 있어야 한다. 중요한 것은 생활에서 느낄 수 있는 본래의 재미를 놓치지 않는 것이다.

맹자는 "자고로 마음 수양에는 욕심을 없애는 것이 가장 좋다. 그 사람됨이 욕심이 적다면 비록 보존되지 못함이 있더라도 그 정도가 적을 것이요, 그 사람됨이 욕심이 많다면 비록 보존되는 것이 있더라도 그 정도는 적을 것이다."라는 명언을 남겼다. 참 어렵고도 철학적인 말이다. 이 말의 의미는 무엇일까? 누군가 마음속에 욕망이 많지 않다면 일단 눈으로 확인할 수 있는 외부적인 결과물의 양은 자신이 살아가는 데 아무런 영향도 미치지 못할 것이다. 또 그 성과물이 적다고 마음이 흔들리지도 않을 것이요, 반대로 성과물이 많다 하더라도 이런 저런 욕망이 일지 않을 것이다. 하지만 욕망이 끝이 없는 사람이라면 끊임없이 명예와 이익을 좇느라 영원히 마음 편할 날이 없을 것이다. 명예와 이익은 다양한 사람들과 함께 끊임없이 움직인다. 많은 사람들이 위로, 더 위로 올라가고 싶어 하고 떼돈을 버는 일에 혈안이 되어 있다. 그러다 한 번 명예와 이익을 손에 쥐기라도 하면 그의 욕망은 금세 만족을 잊고 한 단계 더 높아지길 바란다. 이런 식으로 돌고 돌다 보면 그 사람은 생명의 끈을 놓는 그 순간까지 영원히 만족을 모른 채 명예와 이익만을 추구하게 된다. 맹자는 욕심에 따르는 순기능과 역기능을 정말이지 너무나도 정확하게 꿰뚫어 보았다.

행복에 이르는 길은
욕심을 채울 때가 아니라
비울 때 열린다.

혹시 당신은 베이징 고궁에 '마음을 수양한다'는 량신디엔養心殿, 양심전이 있는 것을 아는가? 궁에 있는 전각 이름이 왜 하필이면 '마음을 수양하는 곳'일까? 생각해보면, 사실 한 사람의 힘은 제한적이다. 그중에서도 가장 잘 상처받고 피로해지는 곳이 바로 마음이다. 마음이 해탈에 이르지 못하면 온종일 불안할 테고 결국 그 마음은 예정보다 더 빨리 힘을 다하게 될 것이다. 세상사 공과득실功過得失을 희미하게 만들 수만 있다면야 누구나 늘 마음 편하게 지낼 수 있다. 또 우리는 원기 충전하여 해야 할 일을 똑 부러지게 해낼 수도 있으며, 외부의 지시나 압박에 자신의 앞길을 방해받지도 않을 것이다.

"숲속에 우뚝 선 나무는 휘몰아치는 바람이 반드시 그것을 꺾어 버리고, 해안에 밀려온 두꺼운 퇴적물은 소용돌이치는 물이 반드시 그것을 흩어 버린다. 이처럼 행실이 일반 사람과 별다르면 뭇사람들이 반드시 그를 비난할 것이다."라는 옛말이 있다. 실제로 우리는 살아가면서 유명 인사들이 사람들의 시선 때문에 산책이나 쇼핑은 물론 외식 같은 일상적인 자유마저 심각하게 방해 받는 경우를 종종 접한다. 언론에서도 그 같은 사례를 매일 보도해대지 않던가!

"신이시여, 앞으로 저의 생활은 또 어떻게 바뀌는지요?" 이 말은 이미 31세에 노벨상을 수상한 리정다오李政道가 내뱉은 감탄사였다. 당시 그의 심정은 보통 사람들이 상상하는 것과는 전혀 딴판이었다. 모두들 열광과 기쁨의 도가니였지만 그는 오히려 노벨상 수상 이후 자신의 인생이 어떤 길을 가게 될 것인가로 오랫동안 생각에 잠겼다. 수많은 사례를 통해 알 수 있듯이 상을 탄 사람, 특히 노벨상처럼 큰 상을 수상한 과학자는 하루아침에 모두가 알아보는 유명 인사로 떠오른다. 또 수상 경력은 훗날 그들이 과학 연구를 포함하여 여러 가지 선택을 하는 데 막강한 영향력을 행사하게 한다.

물론 수상 이후에는 부정적인 변화도 있다. 수상자와 지인 사이에 보이지 않는 벽이 생겨 관계가 소원해지기도 하고, 큰 상을 수상하고 나서 유명세를 얻자 곧 사회나 정치에 뛰어드는 사람도 일부 있다. 그들은 자신이 무엇을 원하는지에 상관없이 사회의 선각자 역할을 떠맡게 된다. 게다가 대중의 시선에서 여유로울 수 없기 때문에 그들 역시 유명 인사라면 으레

성인은 이름이 없고 대인은 실체가 없다

겪는 온갖 예상치 못한 소란을 남모르게 감내해야 한다. 이 때문에 연구에 매진해야 하는 에너지를 빼앗겨 업무에 악영향을 미친다. 어떤 수상자는 나중에 이렇게 감회를 밝히기도 했다.

"제가 그 영광스런 상을 받았던 해는 정말이지 모든 게 엉망이었습니다. 물론 수상은 정말 기뻤지만 그 한 해 동안 저는 아무 일도 못했거든요."

중국을 대표하는 유명 작가 루쉰魯迅은 일전에 돌아가는 사회 모습에 경종을 울린 적이 있다. "훼손할 때는 아무것도 느끼지 못하겠지만 그것을 일일이 나열하고 나면 두려워질 것이다."

이렇듯 명예와 이익을 추구하는 과정이 올바르지 않아 그로써 얻은 부귀공명에 담담할 수 없다면 이미 가진 명예와 이익은 당신에게 부작용을 일으킬 것이다. 또 인생관이 투철하지 못한 사람이나 사업을 운영하면서도 수박 겉핥기식의 자세로만 일관하는 사람이라면 외부의 영향에 쉽게 거꾸러질 테고 끝내 모든 것을 잃고 말 것이다. 그러므로 명예와 이익에 좀 더 담담해지고 그저 나그네처럼 욕심 없이 휘적휘적 지나칠 수 있어야 한다.

그렇게 되려면 세 가지 방법이 있다. 우선, 자신이 응당 받아야 할 명예와 이익이 아니라면 절대 원하지 말아야 한다. 자, 명예욕으로 똘똘 뭉친 사람이 있다고 치자. 잠시 동안이야 부당하게 욕심내어 얻은 결과물에 기뻐할 수 있겠지만, 일의 전모가 모두 밝혀지고 나면 즐거움의 대상이 고민으로 바뀌어 그를 괴롭힐 것이다. 둘째, 당연하지는 않지만 노력하여 얻을 수 있는 명예와 이익이 있다면 마음가짐을 겸손하게 해야 한다. 그리고 그것을 다른 사람에게 양보할 줄도 알아야 한다. 그렇게만 할 수 있다면 동료들과의 관계도 개선될 뿐 아니라 자기 자신을 올바르게 바라볼 수 있는 길도 찾게 된다. 셋째, 설령 그것이 마땅히 누려야 할 명예와 이익이라 하더라도 그것을 앞으로 발전하는 동기로 삼아야지, 그렇지 않고 인생에 짐이 되게 하거나 당신이 전진하는 데 방해물이 되도록 방치해서는 안 된다. 자신을 과시하는 수단으로 삼아서도 안 되는 것은 물론이다. 알다시피, 물이 가득 찬 통은 고요하지만 반만 찬 통은 요란하게 출렁인다. 절대 '물이 반만 든 통'이 되어서는 안 되겠다. 최고의 경지 위에 또 다른 경지가 있고 사람도 그보다 훨씬 뛰어난 사람이 있다. 우리가 공을 세우고 이름을 드높이려면 겸손한 태도는 필수다. 그리고 명예와 이익 다툼이 난무한 곳에서는 무리하게 주인공이 되려 하기보다 스스로 관객이길 자처하는 정신이 필요하다. 그럴 수 있을 때 그는 넓은 아량을 가진 사람으로 자연스럽게 자신의 생활을 즐길 수 있을 것이다.

《채근담菜根譚: 중국 명말明末의 환초도인還初道人 홍자성洪自誠의 어록-옮긴이》에는 "세상 사람들은 명성과 지위를 얻어야만 즐거운 줄 알고, 명성과 지위가 없는 기쁨이야말로 진정한 즐거움이라는 것은 깨닫지 못한다. 또 사람들은 춥고 배고플까 염려하지만, 입고 먹는 걱정이 아닌 정신적인 고통이야말로 가장 큰 고통이라는 점을 쉽게 간과해 버린다."라는 말이 나온다. 여기서, 홍자성은 조용하고 차분하게 지내며 즐기는 생활, 큰 기복이나 엄청난 부에 눌려 지내지 않아도 되는 평범한 인생이야말로 진정 행복한 인생이라고 말한다.

그런데 실상은 많은 사람이 현재의 평범한 생활에 만족하지 않고 명예와 이익을 좇아 온종일 바쁘게 뛰어다닌다. 행복이 무엇인지 알아갈 때쯤이면 이미 제자리로 돌아오기에는 늦었다는 것을 깨닫고 아쉬워하지만 그것도 잠시뿐이고, 다시금 더 높은 지위, 더 많은 이익을 취하겠다며 고생도 마다하지 않고 목표 달성을 위한 수단과 묘책을 궁리하는 데 시일을 보낸다. 그러다 보면 자신도 모르는 사이에 순수한 마음은 이미 사라지고 없다. 당신이 만약 각고의 노력 끝에 아주 미미한 명예와 이익을 얻었다고 치자. 그렇다 해도 사람들이 이미 당신을 싫어하게 되었다면 그것이야말로 진정 비극이 아니고 무엇이겠는가?《채근담》에서는 이러한 다소 원칙적인 문제에도 옳고 그름을 표시하지 않은 채 소극적인 관점을 나타냈지만 그러한 중에도 처세를 위한 진지하고 사리에 밝은 견해를 잘 담아낸 말이라고 할 수 있다.

자신을 낮추는 것은
사회에 진입하는 필수조건이다

자신을 낮춘다는 것은 일종의 절대 경지이자 태도이고 수양이다. 또한 무의식중에 흉금을 털어놓는 것이기도 하고, 이해득실을 초월하여 마음에 두지 않을 수 있는 자세를 말하기도 한다. 자신을 기꺼이 낮출 수 있는 사람이라면 심오한 세계와 혼란스러운 사람들을 언제든 평상심으로 대할 수 있고, 처세하는 데 교만함은 찾아볼 수가 없다. 오히려 언행을 보통 사람처럼 하고 시종일관 자신을 사회의 평범한 일원으로 여긴다. 이것이 바로 사람됨의 기준이자 예술이다.

능력을 갖추고도 일부러 아무것도 하지 않으려는 사람 외에는 모두들 시간의 차이만 있을 뿐 사회생활을 하게 된다는 점은 똑같다. 그렇다면 우리가 사회에 나아가 상처받지 않으면서 솔직하고 소탈하게, 그리고 여유 있게 생활하려면 어떻게 해야 할까? 그러자면 먼저 우리가 살아가는 이 사회에는 제약이 여러 가지 있다는 사실을 알아야 한다. 그런 틀에 당신을 맞출 수 있어야만 비로소 이 사회에서 장밋빛 아름다운 인생을 누릴 수 있다.

뭄바이 불교대학은 인도에서 손꼽히는 불교학교 중 하나이다. 이 학교가 그렇게 유명한 까닭은 유구한 역사와 아름다운 건축물 그리고 저명한 학자를 많이 배출했기 때문만은 아니다. 이곳에는 다른 학교에 없는 특징이 있다. 이 학교 학생이라면 예외 없이 졸업할 때는 아주 사소한 부분이긴 하지만 이 부분에서 깨달음을 얻어 나간다. 사실 사람들 대부분이 주의조차 기울이지 않는 너무나도 사소한 부분이다. 그것은 바로 뭄바이 불교대학의 정문 옆에 있는 높이 150cm, 폭 40cm 정도 되는 자그마한 문이다. 이 문은 어른이라면 허리를 숙이고 몸을 삐딱하게 튼 채로 걸어 들어가야 간신히 통과할 수 있는 문이다.

이는 학교에서 마련한 '수업'의 일부이다. 신입생들이 모두 교수의 인도를 받아 이 작은 문 앞에 도착하면, 교수는 이 문을 한번 통과해 보라고 말한다. 그러면 학생들은 모두 허리를 숙이고 몸을 삐딱하게 튼 채로 문으로 걸어 들어간다. 다들 모양새도 별로 나지 않고 예의도 없어 보인다. 하지만 문을 통과하려면 어쩔 수 있겠는가! 이렇게 해서 학생들이 다 통과하고 나면 교수는 이렇게 말한다.

"큰 문은 물론 드나들기에 편리하고 품격도 유지하게 해줍니다. 하지만 우리가 드나드는 곳이 모두 멋지고 큰 문은 아니지 않습니까?"

학교에서는 일부러 이 작은 문을 만들어 학생들이 자신의 소중함과 체면을 잠시 내려놓을 줄도 알게 되길 바란 것이다. 그 점을 끝끝내 모른 척하면 결국 담벼락에 막혀 학교 안은 구경도 못 해보기 십상이다.

이 불교대학의 교수들은 학생들에게 불교의 철학이나 인

생철학이 이 작은 문 안에 다 있다고 이야기한다. 특히 이 자그마한 문과 연결되는 길에는 큰 문이 거의 없으며 세상 모든 문은 스스로 허리를 숙이고 몸을 틀어야 들어갈 수 있다고 말이다.

우리는 비록 모두가 불교신자는 아니지만, 불교에서 말하는 것처럼 누구나 자신의 인생길은 끝까지 가고 또 가야 하지 않는가! 인생이라는 여정이 순조로울 수 있게 최대한 시련을 줄이고자 한다면 당신은 '허리를 굽히고, 머리를 숙이고, 몸을 트는 법'을 배워야 한다. 모든 사람들에게 이는 필히 거쳐야 할 수양이다. 그중 자신을 낮추는 것은 이 수양에서 가장 아름다운 절대 경지라 할 수 있다.

하버드대학을 졸업한 한 경제학 박사가 멕시코 해변에서 휴가를 보낸 적이 있다. 어느 날 박사가 바닷가를 거니는데 작은 어선에서 한 어부가 월척 몇 마리를 손에 들고 내렸다. 어부는 그를 보자 친절하게 자신의 집에서 식사를 대접하겠노라고 말했다. 어부의 아내는 정말 맛있고도 이국적인 요리를 선보였다. 경제학 박사는 초대받은 이웃 몇 명과 함께 술잔을 기울이며 예전에는 느껴보지 못한 따뜻함을 만끽했다. 분위기가 무르익자 그는 자신을 경제학 박사라고 소개하면서 어부에게 남보다 훨씬 부자가 되는 방법을 가르쳐 줄 수 있다고 말했다.

그가 "고기를 좀 더 많이 잡으면 집에서 드실 것 말고 내다 팔 수도 있지요."라고 말하자 어부가 대답했다. "팔아서 돈을 벌면 뭘 하게요?" 박사가 말을 이었다. "돈을 많이 벌면 큰 배를 사서 더 많은 고기를 잡을 수 있잖아요. 그럼 돈을 더 많이 벌 수 있지요." 그러자 어부가 말했다. "돈이 많아지면 또 뭘 할 수 있는데요?" 박사는 "돈이 지금보다 훨씬 많아지면 배 여러 척으로 팀을 짜서 고기잡이를 할 수 있죠. 그러면 더는 직접 고기를 팔지 않아도 돼요. 그렇게 모은 돈으로 통조림 가공 공장을 세우고 사장이 되어서 더 많은 돈을 버는 거예요. 솔깃하지 않나요?"라고 말했다. 어부가 또 다시 박사에게 질문했다. "그런 다음에 저는 또 뭘 할 수 있나요?" 박사가 신이 나 대답했다. "그럼 한 회사 회장이 되니까 더는 노심초사할 필요가 없지요. 일찍 퇴근해서 술 한잔 할 수도 있고요. 그럼 시장이나 관리 사회의 쟁탈전에서 벗어나 소박한 자연으로 돌아올 수 있잖습니까? 얼마나 행복하겠어요!" 여기까지 들은 어부가 박사에게 말했다. "지금 말씀하신 것은 결국 지금의 제 생활이 아닌가요?" 박사는 술을 한 모금 들이키면서 잠시 생각에 빠지더니 "아, 그렇군요!"라고 대답했다. 그리고 어부는 마지막에 이렇게 말했다. "이 동네에도 부자가 되겠다고 떠난 사람은 많았습니다만 좋은 결과를 안고 돌아온 사람은 한 명도 없었답니다. 여기 사는 저희는 모두 대대로 이렇게 살아왔어요. 스스로 행복해 하면서 말입니다."

이는 우화가 아닌 미국의 한 경제학 박사가 직접 겪은 일화이다. 후에 그는 그 멕시코 어부 같은 생활을 가장 동경한다고 밝히기도 했다. 이 멕시코 어부의 자세야말로 자신을 낮추어 소박하고 자연스러운 철학적 경지에 이른 모습을 잘 보여준다.

When Is
Modest
Succeeds

3

매가 서 있는 모습은 잠자는 듯하고
호랑이가 걷는 모습은 마치 병든 듯하다

매는 하늘의 강자요, 호랑이는 땅의 위엄을 나타내는 동물이다. 그런데 이런 위엄 있는 동물 역시 가끔 소스적거리고 힘이 없을 때가 있다. 그럴 때는 사냥감이 경계를 늦출 때까지 가만히 기다렸다가 순간적으로 힘을 표출하여 먹잇감을 낚아챈다. 현실 생활에서도 강자는 약점을 감추지 않고 드러내는 반면 약자는 오히려 위엄을 과시하며 허세를 부린다. 여기에서 알 수 있듯이, 자신을 낮추는 것은 결국 강자의 철학에 가깝다. 실제로도 이런 자세는 자신을 보호하고 방어하는 일종의 지혜일 뿐 아니라 적을 공격하고 또 생존할 기회를 엿보는 하나의 무기가 된다.

WHEN IS MODEST SUCCESS

깊이 담아두고
드러내지 않는다

어리석은 척하는 방법은 오랜 기간 정치·군사적 투쟁 중에 생겨난 일종의 승리 전술이다. 속으로는 날카롭게 상황을 파악하면서 겉으로는 바보처럼 어리석게 구는 방법이다. 군사 작전에 대입해 보면, 자신의 실력을 일부러 숨기고 약한 척하여 상대의 경계를 늦추려는 방법이라 할 수 있다. 실제로는 상대방을 공격하려고 적극적으로 준비하면서 말이다.

어리석은 척하기는 이미 예전부터 행해진 '미친 척하고 일부러 멍청하게 행동하기, 안 들리는 척, 벙어리인 척하기'에서 발전한 방법이다. 일상생활에서는 어떤 문제를 회피하고 싶을 때나 난관을 극복해야 할 때, 강력한 적수에 대항할 때 등 '발톱을 감추고 때를 기다리는' 계략이 필요할 때 매우 유용하다. 적절한 때에 이런 방법을 사용하면 자신을 지키고 상대에게 이길 수 있는 기회도 잡을 수 있다.

촉한은 제갈량이 죽은 뒤 수년 동안이나 줄곧 위나라에 방어적인 정책을 취했다. 겉으로 보기에 위나라의 세력은 갈수록 강대해졌지만 사실 그 내부는 동요되던 때였다.

위나라 대장大將 사마의司馬懿는 명문가 사대부 출신이었다. 권력을 잡은 조조가 사마의에게 관직을 내리고자 그를 불러들였는데, 조조의 보잘것없는 출신 성분이 못마땅했던 그는 조조의 부름에 냉큼 응하지 않았다. 그러면서도 조조의 노여움을 살 것을 두려워해 중풍에 걸린 척했다. 결국 조조는 사마의가 그의 부탁을 어영부영 미룬다고 의심하게 되었고, 한밤중에 자객을 보내 사마의의 침실을 엿보게 한다. 꼿꼿이 누워 잠들어 있는 사마의를 향해 자객은 그래도 설마 하는 마음에 패도佩刀를 뽑아들었다. 사마의의 몸에 칼을 내리찍는 척하면 그 위험한 찰나에 그가 어떻게 행동할지 보려 한 것이다. 사마의가 만약 거짓을 고하여 조조를 무시했다면 분명히 깜짝 놀라 침대에서 뛰쳐나올 것이요, 정말 중풍이라면 꼼짝을 못할 것이었다. 한편 인기척을 느낀 사마의는 빠르게 상황 판단을 했다. 자객이 칼을 빼들고는 당장이라도 칼을 내리꽂을 태세였지만 그는 그저 자객에게 눈을 부라리기만 할 뿐 미동도 하지 않았다. 그러자 자객은 그가 정말 중풍이구나 생각하고 그제야 칼을 거두어 돌아갔다. 이 일로 조조가 의심을 푼 건 자명한 일이다. 하지만 사마의는 그렇다고 조조가 자신을 순순히 놓아줄 사람이 아니라는 것쯤은 잘 알고 있었다. 그래서 이번에는 어느 정도 시간이 지나 자신의 병이 쾌차했다는 소문을 퍼뜨리게 했다. 조조가 다시 그를 불러들였을 때, 이번에는 그도 부름을 거절하지 않았다.

사마의는 이후에 조조와 위 문제文帝 조비의 신하로서 중요한 직책을 담당했고, 후에 위 명제明帝가 즉위했을 때는 이미 위나라의 원로가 되었다. 게다가 군사를 거느리고 관중 지역에서 오랫동안 촉나라와 전쟁을 치르면서 위나라 병권의

대부분을 손에 쥐었다. 후에 요동태수遼東太守 공손연公孫淵이 선

비족鮮卑族 : 고대 중국의 몽고 퉁구스通古斯 계 유목민족-옮긴이의 귀족과 결

탁하여 위나라에 반란을 일으켰을 때도 위 명제는 요동지역

의 반란을 진압하고자 사마의를 파견한다.

사마의가 요동지역을 평정하고 조정으로 돌아가려고 할

때였다. 때마침 낙양에서 온 사람이 긴급 서신을 그에게 전달

했다. 급히 낙양洛陽으로 돌아와 달라는 내용이었다.

사마의가 낙양에 도착했을 때, 위 명제는 이미 병세가 위중

했다. 위 명제는 사마의와 황족 출신의 대신이었던 조상曹爽을

불러 앞으로 태자 조방曹芳을 잘 보필해 달라고 분부했다.

위 명제가 사망한 후 태자였던 조방이 즉위하니, 그가 바

로 위 소제少帝이다. 조상과 사마의는 각각 대장군大將軍과 태

위太尉 : 나라의 원로대신에게 주던 정일품 명예직으로, 원래는 최고 무관직-옮긴이

직에 올랐다. 두 사람은 각각 병사 3천여 명을 이끌며 교대로

황궁을 맡았다. 조상은 비록 황족 출신이긴 했지만 능력이나

자질 등 모든 면에서 사마의와 비할 수 없었다. 그는 사마의를

매우 존경해 일을 시작하면서부터 무슨 일이든 사마의의 의

견을 물었다. 얼마 지나지 않아 심복 몇 명이 조상에게 이렇게 간언했다.

"대권을 외부 사람에게 넘겨줄 수는 없습니다!"

그들은 조상을 대신해 위 소제의 명의로 사마의를 태박太博 자리에 올리자는 의견을 내놓았다. 사실상 사마의 병권을 빼앗자는 말이었다. 조상은 이를 승낙하고, 또 자신의 심복과 형제들을 모두 중요한 지위에 올렸다. 사마의는 이를 모두 눈치 챘지만 못 들은 척, 말 못하는 척하면서 이 일에 전혀 관여하지 않았다.

마침내 대권을 손에 쥔 조상은 이내 향락에 빠져 방탕한 생활을 즐기기 시작했다. 한번은 그가 땅에 떨어진 위신을 세워 보겠다고 촉한을 공격했다가 대패하여 전군이 몰살될 뻔하기도 했다.

겉으로는 아무 말도 하지 않았지만 사마의도 속으로 이미 다 계획을 세워두고 있었다. 실제로 나이가 많기도 했던 그는 지병을 핑계로 조정에 나가지 않았다.

사마의가 병이 났다는 말을 듣고서, 조상은 드디어 자신의 생각에 딱 맞아떨어지는 기회가 왔다고 느꼈다. 그렇지만 어쨌거나 불안한 마음에 사마의가 정말 병이 난 것인지 알고 싶었다. 그러던 중 조상의 측근 이승李勝이라는 사람이 형주자 사荊州刺史로 파견되었다. 때마침 이승은 길을 떠나기 전에 사마의의 집에 들러 작별 인사를 할 계획이었다. 조상은 그에게 가는 김에 사마의의 상황이 어떠한지 좀 살펴봐 달라고 부탁했다.

사마의의 집에 들른 이승은 침대에 누워 하녀들의 시중을 받는 사마의의 모습을 보았다. 사마의는 그릇을 직접 들지도 못해 그저 그릇 가까이에 입을 댄 채 하녀들이 떠주는 죽도 간신히 삼킬 뿐만 아니라 그것도 몇 숟갈 먹지도 못하고서 가슴팍에 다 흘려버리는 것이 아닌가! 이승은 한쪽에서 가만히 그를 지켜보면서 '사마의의 병세가 정말 심하구나.' 하고 생각했다.

이승은 사마의에게 인사를 하려고 앞으로 나아가며 아뢰었다.

"이번에 성은을 입어 본주자사로 파견되었습니다이승은 형주 사람이므로 본주本州라고 한다. 이에 태박에게 작별을 고하려고 들렀습니다."

사마의는 숨을 몰아쉬며 말을 이어갔다.

"오, 정말 내 꼴이 부끄럽구먼. 병주並州는 북쪽이니 호인胡人 : 중국 북장과 서방의 이민족을 일컫던 말-옮긴이과 매우 가깝네. 부디 잘 지키게. 다만 내 병이 이러니 다음에는 자네를 보지 못할까 걱정일세."

"태박 나리, 잘못 들으셨나 봅니다. 병주가 아니라 형주로 돌아갑니다."

사마의는 그래도 잘 알아듣지 못했다. 이승이 큰 소리로 한 번 더 말해주자 그제야 조금 알아듣는 듯하더니 말했다.

"나이가 많아 가는귀가 먹었는지 자네 이야기가 잘 안 들리네. 형주자사로 가게 되었다니 정말 잘됐군 그래."

이승은 사마의에게 작별을 고하고 나와 조상에게 자세히 그 일을 이야기해주었다.

"태박 나리께서 금방이라도 숨이 넘어가실 듯하니, 너무 걱정하지 않으셔도 될 듯합니다."

매가 서 있는 모습은 잠자는 듯하고 호랑이가 걷는 모습은 마치 병든 듯하다

존재하되 드러내지 않는다.

이야기를 듣고 조상이 얼마나 기뻐했을지는 말할 필요도 없을 것 같다.

서기 249년, 새해가 밝자 위 소제 조방은 선조 무덤에 성묘하러 성 밖으로 나갔다. 조상도 형제들과 가신들을 모두 이끌고 따라갔다. 사마의는 병세가 심각했기에 아무도 그에게 함께 가자고 청하지 않았다. 그런데 조상 일행이 황궁을 나서자, 태박 사마의의 '병'이 돌연 호전된 것이 아닌가! 그는 철갑옷을 입고 두 아들 사마사司馬師, 사마소司馬昭와 함께 병사들을 이끌고 황궁에 쳐들어가 성문과 병기고를 장악했다. 그리고 황태후가 쓴 것처럼 위장한 거짓 서신을 보내 조상의 대장군 직무를 박탈하기까지 했다.

조상과 그의 형제들은 성 밖에서 이 소식을 접하고는 안절부절못했다. 어떤 이가 소제를 모시고 허도許都까지 퇴진했다가 군대를 모으고 나서 다시 사마의에게 대항하라는 계책을 내놓았지만 조상과 그의 형제들은 모두 희희낙락 향락을 즐기는 일밖에 모르는 사람들이거늘, 어디 그런 대담함이 있겠는가! 사마의는 사람을 보내어 자신에게 병권을 넘겨주기만

하면 더는 그들을 힘들게 하지 않겠다며 조상에게 항복하라고 권했다. 조상은 몸을 상하지 않는다는 말에 마치 기다렸다는 듯 순순히 항복했다. 그러나 며칠 지나지도 않아 조상 무리가 반란을 도모했다는 고발이 들어왔고, 사마의는 조상 일행을 바로 감옥에 집어넣고 모두 사형에 처했다.

이렇게 위나라의 정권은 겉으로는 조씨 명의였지만, 실제로는 사마의의 손에 들어갔다. 이 일을 통해서도 사마의가 얼마나 지략이 대단한 사람인지를 짐작해 볼 수 있다.

낮음으로 높음을 이루고,
약함으로 강함을 꾀하라

어떤 목적을 꼭 달성하고 싶은데 가끔은 아주 강력한 경쟁 상대와 부딪칠 때가 있다. 이럴 때 목적을 달성하고자 하는 욕구를 지나치게 드러내면 상대는 훨씬 경계하고 방어하게 되어 결국 우리 쪽에서도 더 많은 노력과 자원을 들여야만 하는 경우가 생긴다. 반대로, 무관심하거나 평온한 태도를 보이면 경쟁은 앞에서 말한 상황과 다소 달라진다.

1950년대에 미국 의회에서는 미국의 동서를 잇는 대륙철도 건설 안건이 통과되면서 이 공사는 연합태평양회사에 맡겨졌다.

앤드류 카네기는 이 소문을 듣자마자 철도 침대차를 수주하려고 곳곳을 누비고 다녔다. 지원을 요청하고 다니던 그는 경쟁사 중 가장 강력한 후보가 브루만 사라는 것을 알게 되었다. 브루만 사는 역사가 유구할 뿐 아니라 이미 전국에 판매망을 갖춘 가장 큰 규모의 회사였다. 카네기는 자신이 최선을 다하면 철도 침대차를 수주할 수 있다고 믿었지만, 문득 브루만 사와 경쟁이 과열되면 자신이 얻을 이윤도 대폭 삭감될 것이라는 데 생각이 미쳤다. '그래, 경쟁하지 말자! 그러다가 상대방에게 빼앗길지도 모르니까. 그럼, 어떻게 해야 수주도 따내고 막대한 이윤까지 손에 쥘 수 있을까?' 카네기는 고민하기 시작했다. 한참을 생각하던 그의 머릿속에 어렸을 때 겪었던 비슷한 일이 생각났다.

어려서 미국으로 이민 온 카네기 일가는 집안 형편이 매우 어려웠다. 그래서 어린 카네기는 방직공장에서 직공 일도 하고 전보국에서 우편배달부 일을 하기도 했다. 당시 우편배달부는 주로 어린아이들이 도맡았다. 어린 배달부들은 외부 지역으로 발송되는 전보가 값이 비쌌기 때문에 서로 그 일을 맡으려고 했다. 그래서 그들 사이에는 경쟁이 생겼고, 외부 전보를 확보할 수만 있다면 옷을 찢겨 가면서도 주먹다짐을 마다하지 않았다.

이런 내막을 알게 된 카네기는 어느 날 우편배달부들이 모두 모였을 때 솔깃한 아이디어를 내놓았다. 외부 전보에서 생기는 추가 금액을 일괄적으로 모아 뒀다가 주말이 되면 사람 수대로 똑같이 나눠먹자는 제안이었다. 사실 전보국에서는 이 일로 한 번만 더 싸우면 한꺼번에 해고하겠다고 경고까지 내려진 상태였기에 그들도 카네기의 제안을 흔쾌히 받아들였다. 새로 들어온 어린 카네기는 이렇게 해서 옷도 찢기지 않고 주먹다짐과 비방도 없이 쉽게 한몫을 챙긴 적이 있다.

그런데 그때보다 더 역사적인 사건이 다시금 눈앞에 펼쳐진 것이다. 물론 브루만 사는 한낱 어린 우편배달부가 아니었지만 말이다. 소문대로라면 이 회사는 이윤 추구 외에도 명예와 브랜드를 아주 중요시했다. '이 점을 어떻게 살려볼 방법이 없을까?' 카네기는 고심 끝에 마침내 방법을 생각해냈다.

매가 서 있는 모습은 잠자는 듯하고 호랑이가 걷는 모습은 마치 병든 듯하다

카네기는 브루만 사 사장이 묵는다는 호텔에 자신도 방을 하나 잡았다. 카네기는 호텔 계단에서 우연히 활력이 넘치는 한 사람과 마주쳤다. 그는 직감적으로 이 사람이 바로 자신의 경쟁 상대리라 생각하고 자연스럽게 인사를 건넸다.

"브루만 사장님 되시죠? 저는 앤드류 카네기라고 합니다. 여기 머무십니까?"

"아, 네. 당신이 바로 카네기 씨입니까?"

"네, 브루만 사장님. 돌려 말하지 않겠습니다. 단도직입적으로 말하면, 이런 방법으로는 누구도 큰 이익을 낼 수 없으니 무의미한 경쟁을 계속할 필요가 없다고 생각합니다."

"아, 그렇습니까, 카네기 씨?"

그의 대답은 정중했지만, 실제로는 그렇게 생각지 않는다는 듯한 말투였다. 하지만 카네기는 사장의 태도에도 아랑곳하지 않고 단숨에 자신의 견해를 설명했다.

"우리 중에 누구든 경쟁을 통해 독자적으로 수주를 따내서 이윤을 창출한다 해도 협력해서 각자 이익을 챙기는 것보다는 못합니다." 그러고 나서 예의 바르게 한마디 덧붙였다.

"물론 이쪽으로 저보다 훨씬 더 많이 아시겠지만 말입니다."

"일리가 있군요. 그러면 어떻게 협력하면 될까요?"

브루만 사장은 읊조리듯 물었다.

"함께 새 회사를 하나 설립한 다음 그 회사가 태평양회사의 건설 청부 입찰에 참여하도록 하면 어떨까요?"

"그럼 새 회사 이름은 어떻게 할까요?"

어느새 브루만 사장의 말투에는 관심이 묻어났다.

'흐, 뜻밖인 걸? 나한테 속아 넘어가겠구나.' 카네기는 속으로는 기뻐하면서도 겉으로는 전혀 내색하지 않고서 이렇게 말했다.

"'브루만 호화객차회사'라고 하면 어떻습니까? 마음에 드시는지요?"

"좋습니다!"

카네기의 제안은 때마침 사장이 원하는 곳을 시원하게 긁어준 셈이었다. 사장의 표정에 기쁜 기색이 드러나는 듯했으나 곧 다시 정색을 하고 말했다.

"믿겠습니다. 당신의 성의를 봐서라도 저희 회사에서 이

매가 서 있는 모습은 잠자는 듯하고 호랑이가 걷는 모습은 마치 병든 듯하다

제안을 받아들일 가능성이 아주 높습니다."

브루만 사장의 경계심은 눈 녹듯 사라졌고 두 회사 간의 제휴도 순조롭게 착착 진행되어 갔다. 그리고 새로 설립한 브루만 호화객차회사는 성공적으로 대륙철도 침대차 청부권을 따냈다.

카네기는 자신의 명성을 높일 수 있는 기회를 버렸지만 경쟁 상대의 경계심을 없애는 다른 방법으로 결국 청부권 일부를 '캐낼 수' 있었다. 여기서 중요한 것은 그가 엄청난 이윤도 함께 '캐냈다'는 것이다.

무모한 욕심을 부린 자는 질 것이고,
끝까지 인내한 자는 이길 것이다.

저자세로 고자세의
효과를 얻어라

고자세로 나가는 것이 유행처럼 되어 버린 요즘, 저자세의 효과는 종종 무시당한다. 그렇지만 실제로 보면, 저자세는 종종 고자세를 이기는 승리의 묘책이 된다. 사실 낮은 것은 높은 것과 완전히 상반된 개념은 아니다. 어쩌면 그것은 높은 것만으로는 완성할 수 없는 부분을 채워 준다고도 할 수 있겠다.

중국의 유명 통신설비 전문 민영기업 화웨이華爲 사는 줄곧 자신을 낮추는 방법을 취해 왔다. 화웨이 사는 국내외를 넘나들며 종횡무진 활약했으나 공개적인 장소에서는 결코 자사가 제일이라고 우쭐대지 않았고, 떠들썩하거나 기억에 남을 만한 화려한 광고도 하지 않았다. 가끔씩 화웨이 사가 어느 나라의 입찰에 낙찰됐다든가 인수합병을 했다든가 하는 소식을 듣지 않았더라면 사람들은 그 회사가 왜 그렇게 잘 나가는지 알 수 없을 정도였다. 이런 면에서 화웨이 그룹은 전형적으로 '낮추는' 기업이다. 그런데 화웨이 사는 '낮추는' 전략을 취했음에도 엄청난 성공을 거두었다. '낮추는' 방법만으로도 진정한 '고수'의 경지에 올라선 것이다! 그럼 이제 '낮춤'의 본보기가 된 화웨이 사의 사례를 찬찬히 한번 살펴보자.

화웨이 사는 '낮추는' 전술을 구체적인 사업의 진행에 중점적으로 적용했다! 당시는 VCD에서 DVD에 이르기까지 대기업들이 모두 홍보에 지대한 관심을 두어 업계 전체가 떠들썩했을 때였다. 하지만 홍보에는 긍정적 효과와 부정적 효과가 번갈아 가며 나타나기 마련이고, 통신설비 업계 역시 예외는 아니어서 과열과 조작 의혹으로 소비자에게 불신감만 안겨 주었다. 그 와중에 화웨이 사는 제품과 브랜드라는 기본에 충실하기로 자사의 주안점을 정했다. 언론에 공개한 부분 역

매가 서 있는 모습은 잠자는 듯하고 호랑이가 걷는 모습은 마치 병든 듯하다

시 이 두 분야에만 관련된 내용이었다. 그들은 어떤 개념을 설명하면서 절대 부풀리는 일이 없었다. 모든 개념 조작의 결과는 단 하나, '단기적인 이익'으로 귀결될 뿐이라는 생각에서였다. 제품에 관한 소비자의 요구 사항은 기업이 준비한 제품보다 한 수준 높기 마련이다. 때문에 기업들은 이러한 소비자 욕구를 충족시키는 한 방편으로 소비자들이 제품을 체험할 수 있게 하는 전략을 이용했다. 실상, 과학이 놀라운 속도로 발전해 가고 있고 소비자도 언젠가는 개념을 파악하게 된다. 그러므로 제품과 브랜드에 신경 쓰지 않으면 그저 '단기적인 수익'을 얻는 데 그칠 가능성이 많다는 이야기이다. 반면 화웨이 사는 기업의 장기적인 이익에 관심을 가지고 '더 멀리, 더 오래'를 추구했다. 따라서 근시안적인 홍보는 그들이 선택할 만한 방향이 아니었다. 화웨이 사는 이런 낮추는 홍보 전략으로 사람들에게 '성실하고 믿을 만한' 기업이라는 인상까지 심어줄 수 있었다. 그와 달리 자사를 추켜세우는 데만 급급했던 많은 기업은 대부분 경박하다는 평가를 받았다.

사실 화웨이 사도 자사 홍보에 매우 관심이 많았다. 하지만 어떻게 언론의 관심을 끌어들일지, 또 언론이 자사의 어떤 부분에 관심을 가질지 등의 문제에서 대다수 기업들과는 다르게 생각했다. 화웨이 사의 자회사 완리다는 사실 VCD나 DVD 외에 휴대폰 같은 다른 제품들도 생산한다. 하지만 인터넷에서는 완리다 사에 관해 중점 사업인 '가수왕 VCD' 혹은 '순간 녹화 DVD' 등의 뉴스를 주로 실었다. 이 모든 것은 화웨이 사가 제품 혁신 분야에서 홍보를 잘 진행했다는 것을 보여주는 좋은 사례이다. 메시지가 많지도 않고 그리 화려하지도 않지만 화웨이 사가 전달하고자 하는 기본 이념은 매우 명확하다. 바로 소비자의 가치 창출, 기술과 제품 혁신에 힘쓰는 기업이라는 이미지이다. 화웨이 사의 관리 방침 역시 홍보 분야처럼 보수적이고 간결하며 실천에 힘쓴다는 점을 특징으로 들 수 있다. 즉, 전형적인 기술 위주 기업의 특징이다.

화웨이 사는 지도자에 대해서도 외부에 특별히 알려진 바가 없다. 이는 화웨이 사가 홍보를 할 때 특별히 중요시하는 부분이기도 하다. 이런 '낮추는' 홍보 전략은 브랜드 가치를 올린다며 흔해 빠진 고자세로 일관하는 기업보다 훨씬 효과적이다.

그저 고지식하게 '보수적인 저자세만으로는 도저히 목표를 달성할 수 없다'고 생각지 말길 바란다. 일의 종류에 따라 각기 다른 전술을 취해야 한다. 저자세도 반드시 그 나름대로 쓸 곳이 있다. 반드시 명심하자! 저자세로 고자세가 추구하는 효과를 내는 것이야말로 진정 최고의 전술이다.

저자세로 주객을
전도시켜라

만약 이 '낮추는' 전략을 시장에 적용한다면 그 기본은 바로 '속임수'와 같다. 즉, '몰래 행동하는' 것이다. 누가 봐도 명확한 사물 뒤에 의도를 숨기고서 목적을 달성할 때까지 조용히 움직인다. 실제로 사람들은 보통 늘 보던 것이라면 좀처럼 의심하지 않는 경향이 있다. 그래서 저자세 전술은 바로 사람들의 이런 착각을 노리는 방법이다. 사실 가장 흔하면서도 많이 이용되는 방법이라 소비자들은 이에 소홀해지기 쉽다. 이렇게 시장에서 '낮추는' 전략은 상인 또는 기업이 제품 판매를 늘리면서 궁극적으로 시장을 선점할 수 있게 하는 가장 손쉬운 방법이 되기도 한다.

맥도널드의 레이 크락 대표는 젊었을 때 집안 형편이 어려워 고등학교도 졸업하기 전에 직업전선에 뛰어들어야 했다. 그가 한 공장의 세일즈맨으로 일하면서는 집안 사정이 눈에 띄게 좋아지고 제품 판매 과정에서 다양한 분야의 친구를 많이 사귈 수 있었다. 크락은 이때 경영관리에 대한 업무 경험을 많이 쌓으면서 마침내는 자신의 회사를 설립하기로 마음먹는다.

레이 크락은 자체적으로 실시한 시장조사에서 당시 미국 패스트푸드 업계가 이미 변화하기 시작한 시대적 요구를 만족시키지 못한다는 점을 알게 되었다. 수요에 부응하자면 개혁이 급선무였지만 걸림돌이 있었다. 그러나 찢어지게 가난했던 크락에게 자신의 음식점을 열 만한 자금이 있을 턱이 없었다.

그가 세일즈맨 시절 알고 지내던 맥도널드라는 형제가 있었는데, 크락은 우선 그들의 음식점에서 한 수 배운 후 꼭 자신의 꿈을 이루고야 말겠다고 결정했다. 크락은 곧 맥도널드 형제를 찾아가 자신이 처한 궁색한 상황을 설명하며 동정을 샀고, 일을 해도 좋다는 허락을 받아냈다. 형제의 특징을 잘 알 았던 크락은 가능한 한 빠른 시간 내에 목표를 실현하고자 승 부수를 띄웠다.

"점원으로 일하면서 제가 원래 해왔던 판매 업무까지 하 겠습니다. 그리고 그 수입에서 5%를 사장님께 돌려 드리겠습 니다."

크락은 형제의 신임을 얻으려고 정말 열심히 일했다. 주야 를 불문하고 쉴 새 없이 일하면서도 힘들다는 불평 한 마디도 없었다. 그리고 형제에게 영업 환경을 개선하는 방안을 여러 차례 건의하기도 했다. 크락은 또 더 많은 고객을 확보할 방법 으로 세트 메뉴와 간편 포장, 배달 서비스 등 일련의 경영 기 법들을 제안했다. 이렇게 업무 범위를 확대하고 서비스 종류 를 늘려가자 맥도널드 음식점은 더 많은 영업 수입을 얻어낼 수 있었다. 그밖에도 서비스 개선책으로 고객이 더 편안하고 분위기 있게 음식을 먹을 수 있도록 매장 내에 오디오 시설을 설치하면 어떻겠냐는 등의 제안도 하고, 고객의 신뢰도를 유 지하기 위해 식품 위생과 제품의 질적 향상에 전력투구했을 뿐 아니라 매장 종업원 채용에도 신중에 신중을 기했다. 예를 들면, 행동이 재빠르고 꼼꼼한 젊은 여직원을 매장 전면에 내세워 서비스하는 식의 다양한 직원 배치 방법을 통해 사람마다 자신의 재능을 충분히 발휘하게 하여 서비스 질을 더욱 향상시켰고 결과적으로 고객을 더 잘 접대할 수 있게 되었다.

크락의 적극적인 행동으로 고객이 점점 늘어나자 사장의 신임은 나날이 두터워져 갔다. 어느덧 크락이 매장에서 근무한 지도 6년이라는 시간이 흘렀고, 비록 음식점 명의는 맥도널드 형제의 것이었지만, 실제 경영관리나 결정권은 크락이 장악했다. 시기적으로 모든 조건을 갖추었다고 생각한 크락은 여러 루트를 통해 거액의 자금을 끌어 모은 후 맥도널드 형제와 담판을 벌였다. 애초에 크락이 제시한 조건은 좀 까다로웠기 때문에 형제는 단칼에 제안을 거절했다. 그러나 크락이 한 발 양보하여 제시한 조건에 솔깃해진 맥도널드 형제는 다시 협상에 임했고, 격렬한 힘겨루기 끝에 크락은 현금 270만 달러에 음식점을 사들였다. 이로써 레이 크락은 직접 경영을 시작할 수 있었다.

이튿날 맥도널드 형제의 음식점에서 주객이 전도되어 점원이 사장을 해고했다는 특종 기사가 터지자 당시 현지는 한참 떠들썩했다. 덕분에 음식점의 이름이 수많은 사람들 입에 오르내리면서 미국 전역에서 빠르게 지명도를 높여 갔다. 그의 참신한 면모는 단시간에 전국에 명예를 떨쳤다. 더욱이 음식점은 크락이 사장이 된 후 경영관리에서 빛을 발했다. 그의 음식점은 20여 년간의 힘든 경영 기간을 거쳐 마침내 총 자산이 42억 달러에 달하는 세계 10대 음식점 중 하나로 성장했다.

이처럼 크락의 저자세 전술은 큰 성공을 거두었다. 그는 이윤의 5%를 넘겨주는 대신 형제의 음식점에 쉽게 들어갈 수 있었고, 오랜 노력 끝에 두 형제의 신임을 얻었다. 형제는 크락이 제안하는 아이디어가 자신들이 원하는 점을 콕콕 집어 내 주는 것을 느끼면서 차츰 경계를 풀었고 그의 다른 제안들도 긍정적으로 받아들이게 되었다. 그는 미리 구체적인 조치들을 계획하여 단계적으로 실행하고, 사장을 높여 주는 방법을 택했다. 마침내 사장이 '이름뿐인 자리'가 되었을 때 마지막 협상을 벌여 그는 맥도널드를 전부 장악할 수 있게 되었다.

정예를 양성해
어둠 속에서 겨루라

시장 경쟁은 그야말로 혈투다. 각종 경쟁 중에서도 가장 치열하고 가장 규모가 크며 또 시간은 시간대로 가장 오래 걸리면서 위험도 가장 크기 때문에 잠시 잠깐 소홀히 하면 큰 기업이라도 여지없이 한순간에 무너져 버릴 수 있다. 그러므로 경쟁에 뛰어드는 기업의 결정권자라면 누구나 보통을 뛰어넘는 탁월한 식견을 갖춰야 한다.

1920년대는 미국에서 자동차 산업이 급속히 발전할 때였다. 당시 대형 자동차 회사에서는 소비자의 다양한 요구에 발

맞추고자 경쟁적으로 화려한 색깔의 신형 차를 선보였고, 판매량도 급격히 증가했다. 하지만 포드 사는 융통성 없게도 변함없이 단조로워 보이는 '까만 옷을 입은' 자동차만 고수했고, 판매량은 역시나 부진을 면치 못했다. 포드 회장은 화사한 색상의 차를 공급해 달라는 대리점의 요구와 회사 직원들의 제안을 일축하며 오직 검은색 차만 생산할 계획임을 강조했다.

그러나 포드 사의 생산 상황은 점점 어려워졌다. 결국은 감원에, 부분적으로 설비의 가동 중단까지 단행하자 회사 안팎에서 여론이 들썩거리기 시작했다. 심지어 포드 회장의 부인조차 남편이 도대체 무슨 생각으로 업계 분위기에도 꿈쩍을 않는지 도통 이해하지 못했다. 그렇지만 포드 회장은 나름의 생각이 있었다. '우리 회사는 다른 어떤 회사보다도 급여가 많으니까 당장 회사가 어렵다고 해도 직원들이 쉽게 다른 마음을 먹지는 않을 거야. 직원들도 우리는 절대 실패하지 않을 것이며 다른 회사들처럼 천편일률적으로 천박한 색깔의 차량을 생산하겠다고 쓸데없이 애쓰지 않으리라는 것도, 나에게 분명히 다른 계획이 있을 것이라는 것도 잘 알고 있을 거야.'

한편에서는 회장에게 다른 회사들보다 먼저 신차를 출시하자고 건의했다. 그러나 회장은 알 수 없는 미소만 지으면서 역시나 "그쪽 먼저 하라고 해. 최후에 웃는 자가 누군지 한번 보자고!"라고 말했다. 이 밖에 외부에서도 "포드 사에서는 신차를 구상 중이긴 한지요? 그렇다면 분명히 다양한 색상의 차를 내놓으시겠지요?"라고 묻기도 했다.

이때 포드 회장은 '혼자 만족해하면서' 이렇게 대답했다.

"지금 디자인하는 중이 아니라 이미 모든 것을 다 정해놨습니다. 우리는 다른 회사들처럼 하지 않고 독자적으로 디자인했을 뿐만 아니라 신차 가격도 분명히 다른 회사 차들보다 더 저렴할 겁니다."

사실 포드 사는 철강 원가를 대폭 감소하고자 폐선을 구입하여 해체하고 다시 제강해서 자동차 생산에 사용하는, 바로 '그들만의 탁월한' 방법을 실천하던 중이었다. 이렇게 해서 만든 A형 신차는 대박을 터뜨릴 기초를 마련했다.

1927년 5월, 포드 사는 돌연 기존 자동차 생산 공장의 가동 중단을 선포했고, 일시적이었지만 자동차는 전면 생산 중단

되었다. 포드 사 24년 만에 첫 신차 생산 중단 조치였다. 이 소식이 전해지자 온 세계가 떠들썩했고 갖가지 추측이 난무했다. 몇몇 책임자 외에는 그 누구도 포드의 계획을 전혀 알지 못했던 까닭에 의혹만 부풀었다. 다만 한 가지 이상했던 점은 공장 가동을 중단했는데도 직원들은 예전처럼 정상 근무를 했다는 것이다. 이런 상황은 곧 언론의 호기심을 끌었고, 각 신문들은 포드 사에 대한 기사와 칼럼으로 지면을 도배했다. 이렇게 갖가지 추측이 난무한 가운데 다시 한 번 여론이 들끓었다.

두 달 후, 포드는 마침내 A형 신차가 12월에 출시된다는 소식을 선포했다. 그리고 이 소식은 두 달 전 공장 중단 소식보다 더 큰 파장을 불러일으켰다. 그해 말, 드디어 많은 사람들의 부푼 기대 속에 화려한 색상과 우아함, 편리한 조작과 저렴한 가격 등 장점을 고루 갖춘 포드 A형 신차가 출시되었다. 예상대로 출시되자마자 소비자들의 반응은 가히 폭발적이었다. 당시 흐름을 타고 기세등등해 하는 다른 자동차 회사들에 직접적으로 대응하지 않고 암암리에 내실을 다진 덕분에 포드는 결국 품질과 가격, 두 부분에서 충분히 대비할 시간을 번 셈이다. 포드 회장은 시기가 무르익을 때까지 기다리고 나서는 더는 머뭇거리지 않았다. 그렇게 포드 사는 야심차게 준비한 A형 신차 덕에 미국 자동차 업계에서 그 위치를 단단히 굳히며 두 번째 비상을 위한 화려한 전환기를 맞이할 수 있었다.

신중함보다는 과감함을 선택하라.

When I's
Modist
Succeeds

PART

4

귀하도 드러내지 아니하고 화려하되
빛을 내지 않는다

누구나 부귀영화를 동경한다. 예부터 부귀는 어려운 가운데 얻는 것이고, 얻은 자는 늘 풍란에 시달렸다. 그래서 귀하지만 드러내지 않고 화려하지만 빛을 내지 않는 자세가 중요하다. 물론 아무나 그렇게 할 수 있는 것이 아니다. 자신을 낮추는 자세는 이미 부귀영화를 얻은 사람들이 행하는 철학이다. 부귀영화를 얻고자 하는 사람은 이러한 사고를 바탕으로 자신을 낮추는 도를 터득해야만 비로소 목표를 이루고 자신을 잘 지킬 수 있다.

WHEN IS MODEST SUCCESS

성인들은 빛을
감추는 법을 알고 있다

역사적으로, 사람들은 위인이나 성인 그리고 영향력이 큰 사람을 두루 일컬어 성현이라고 불렀다. 성현은 평범한 사람들과 비교해 보면 생각과 품성, 공덕과 재능, 지혜 등 모든 면에서 두루두루 보통 사람보다 한 수 위다. 그리고 우리는 실생활을 통해 예나 지금이나 성현들은 자신의 빛을 감출 줄 아는 지혜까지 갖췄다는 것을 알 수 있다.

농민 출신이었던 증국번曾國藩 : 청淸 말기의 정치가이자 학자. 태평천국太平天國 운동을 진입한 지도자이며 근대화 운동인 양무운동洋務運動을 추진한 사람-옮긴이은 단 한 번도 근검절약이라는 가풍을 잊은 적이 없었고 신분이 높아진 후에도 절대 사치하지 않았으며 "부잣집이나 가난한 집, 사농공상 등 출신을 막론하고, 부지런하고 근검절약한다면 반드시 흥하게 된다. 반대로 오만하고 사치하며 게으르다면 이룰 수 있는 일이 없다."고 늘 강조했다. 그는 '무릇 벼슬하는 집안은 검소함에서 사치로 흐르기는 쉬워도 사치하다가 다시 검소해지기는 힘들다.'는 점을 잘 알았다. 그래서 그는 관직에 머무른 수십 년 동안 '관료들의 악습에 물들지 않고 음식과 생활 역시 늘 청빈함을 유지하려' 애썼다. 또한 그는 평소 "너무 검소해도 괜찮고, 약간 풍족한 것도 괜찮지만 지나치게 넘치는 것은 감당하기 어렵다."고 말하면서, 소박한 사람답게 먹고 입는 것을 그다지 중요하게 여기지 않았다. 당시 일부 관료는 옷 한 벌이 금 천 냥을 족히 넘기도 했는데 그와 달리 증국번은 모든 옷이 금 삼백 냥을 넘기지 않았다. 때때로 옷이 너무 얇아 추울 때면 집에 있는 옷 중에 제일 낡은 옷을 군영으로 보내 달라고 했다. 이 밖에 그는 차를 즐겨 마셨지만 이것 역시 고향에 돌아가는 사람이 있으면 돈을 좀 쥐어 주어, 가는 길에 싸고 좋은 찻잎을 사서 자신의 집으로 보내 다시 군영으로 부치라고 부탁하는 식으로 매우 검소했다.

증국번 자신만 부지런하고 알뜰했던 것이 아니라 가족들에게도 근검절약을 강조했던 그는 "선대의 근면하고 면학하는 교훈을 받들어 집안의 가르침으로 삼아야 한다."고 늘 말했다. 언젠가 그가 군대를 이끌고 가족과 함께 안경安慶에 주둔할 때, 그는 부인에게 "매일 무명실을 뽑아 그중 네 필은 군사들을 위해 따로 챙겨 두었으면 하오. 일을 하다가 이고二鼓:밤의 시간을 다섯으로 나눈 두 번째 시간. 대략 오후 10시를 전후한 시간으로 오경五更의 이경二更과 같음-옮긴이가 지나면 바로 물레를 멈추시오."라고 말했다. 부인은 남편의 뜻을 잘 알아듣고 날마다 늦은 밤까지 실을 뽑았다. 어느 늦은 밤, 부인이 실을 잣느라 삼경三更이 된 줄도 몰랐는데 큰아들 증기택曾紀澤은 벌써 잠자리에 들어 있었다. 부인은 물레 소리가 아들이 자는 데 방해될까봐 아예 "내가 재미있는 이야길 해줄 테니 잠 귀신을 물리쳐 보는 게 어떨까?"라며 아들을 깨웠다. 그런데 자리에서 일어난 아들이 물레 돌리는 소리가 귀에 거슬려 잠을 잘 수가 없다며 갑자기 물레를

귀하되 드러내지 아니하고 화려하되 빛을 내지 않는다

부수려고 히는 게 아닌가! 그때 아버지 증국번이 방에서 "내 아들이 어머니 물레를 쳐부수려고 하다니 거참 별일이구나." 라고 말하자 아들은 순간 자신의 행동이 창피해졌다. 어머니를 원망했던 자신이 부끄러워지면서 근면하신 어머니에 대한 존경심이 솟아났다. 이튿날 아침 식사를 하면서 증국번은 돌연 아내에게 "어찌 아들에게 물레를 부수라고 시켰느냐."며 짐짓 화난 표정을 지어 보였다. 아버지의 재치에 온 식구는 한바탕 웃음이 터져 나와서 하마터면 입에 있던 밥알이 다 튀어나올 뻔했다.

또한 증국번은 근검절약하는 가풍을 지키며 집안을 다스리기 위해 자녀들에게 특히 엄격했고 "우리 집 자식들은 누구든지 근검이라는 두 글자를 스스로 배워야 한다."며 그 의미를 끊임없이 강조했다. "한 집안이 부지런하여 존경받으면 난세라 하더라도 그 가문은 기운이 흥할 것이요, 또한 한 사람이 부지런하여 존경받으면 미련한 사람이라도 현명해질 것이다. 근검함을 바탕으로 고생도 기꺼이 감수하면 즐겁게 절약할수 있으니 이것이 바로 군자로다." 이렇게 그는 일일이 선조들의 실제 사례를 들어가며 가풍을 지속해 나가도록 자식들을 격려했다. 그리고 "지금은 비록 우리 집안 형편이 좀 나아졌지만, 그렇다고 절대 선대 때의 어려움을 잊어서는 안 된다. 즉, 복이 있다고 해서 혹은 세력을 장악했다고 해서 그것을 소진해 버려서는 안 되느니라. 부지런하다는 '근勤' 자에서 가장 중요한 것은 어려서부터 시작해야 한다는 점과 늘 실천해야 한다는 점이다. 아껴 쓴다는 '검儉' 자에서는 첫째, 화려한 옷을 입어서는 안 되고 둘째, 노비와 하인을 많이 부려서는 안 된다는 점이 핵심이다. 한 집안이 오래가려면 일상에서 검소함을 실천하는 것, 난세에 처했을 때 사치를 금하는 것이 가장 중요한 덕목이다."라고 강조했다.

증국번은 근검의 이치를 자식들에게 가르칠 때 바른 습관을 기르는 데 치중했다. 그는 아들이 학교에 다니기 시작하자 절대 은 두 냥 이상을 가지고 다니지 못하게 했고, 해가 바뀌어 설을 쇨 때에도 화려한 겉치장은 하지 못하게 했다. 자식들이 혼례를 할 때조차 그는 '한 사람당 혼수는 은 이백 냥을 넘어서는 안 된다.'고 정했고, 손님도 많이 초대하지 못하게 했다. 군대를 지휘하느라 집 밖에 있는 시간이 많았던 그는 늘 아이들 곁에서 함께하지 못하는 것을 아쉬워했다. 그래서 증국번은 동생 증국전曾國荃에게 아이들 교육을 도와달라고 이런저런 부탁을 하는 편지를 자주 보내곤 했다. 한번은 "듣자 하니 임문충林文忠 : 임칙서林則徐를 가리킴의 세 아들이 분가를 하는데 각자 육천 전씩만 한다고 그러더구나. 총독總督과 순무巡撫 : 총독과 순무는 명 청대의 최고 지방관직-옮긴이 등 최고위 관직을 20여 년이나 지냈던 사람들의 가산이 이러할지니, 우리도 이를 본보기로 삼아야겠다."는 서신을 보내기도 했다. 그리고 아들 기택이 혼례를 치른다는 말을 듣고서는 곧장 동생에게 편지를 써 보내 "혼례를 준비할 때는 반드시 절약해야 한다. 신부를 맞이하는 날에도 하객을 너무 많이 초대하지는 말라."고 강조했다. 기택에게도 "신부는 이제 우리 집 사람이니 근검절약하는 가풍을 잘 가르치도록 해라. 시어머니처럼 실을 잣고 바느질을 해야 하며 부엌에서 술과 음식도 손수 마련해야 하느니라."고 말했다. 며느리가 시집을 오자 증국번은 또 아들에게 서신을 보내어 "비록 우리 집이 이제는 입고 먹는 데 풍족하지만 절대 근검을 잊어서는 안 된다. 새아기가 이제 갓 시집을 왔으니, 부엌에 들어가 밥을 짓고 부지런히 실을 잣도록 가르쳐야 한다. 부유한 집 여식이었다고 해서 일도 안 하고 놀아서는 안 될 것이야."라며 주의를 환기시켰다. 또, 기택이 자식을 둔 가장이 되자 증국번은 "금전과 전답은 교만과 게으름에 빠지게 하는 가장 치명적인 독이니라. 우리 집안은 이제 돈을 모으고 전답을 사는 일이 더는 없도록 할 것이다. 너희 형제는 공부를 열심히 하니 끼니 걱정은 하지 않아도 될 것이다."라고 아들에게 훈계를 했다. 나중에 기택이 여동생의 혼례를 준비할 때에도 증국번은 또 다시 서신을 보내어 "동생 여향余向의 혼수는 금 이백 냥을 넘지 않도록 해라. 옷도 많이 만들지 말고 너무 크거나 화려하게 치장하지도 말거라."라고 못을 박았다. 증국번은 집에서 멀리 떨어져 있어도 이런 방식으로 자녀들이 커가는 과정에서 근검 교육을 한시도 소홀히 하지 않았다.

증국번은 일상생활에서도 "한창일 때 쇠퇴할 때를 생각해야 하고, 관직에 올랐을 때 내려올 때를 생각해야 한다. 부귀를 얻고자 하는 사람이라면 반드시 이 두 가지를 잊어서는 안 된다."고 말했다. 아우에게 보내는 편지에도 역시 그는 늘 "한 집안이 오래가는 것은 한두 사람이 세운 잠깐 빛나는 공적 때문이 아니라 여러 사람이 함께 가정 법규를 잘 지키면서 집을 가꾸어 왔기 때문이다. 만약 내게 복이 있어 언젠가 해직되면, 집으로 돌아가 반드시 아우와 함께 온 힘을 다해 집안을 꾸려 나갈 것이다. 우리 아버지와 친지들께서도 관직에 계시면서도 마음은 가족과 함께 하며 가난한 집안을 일으키려 늘 부지런히 노력하셨고 가난한 사람을 대할 때에도 부자와 똑같이 대하셨다. 흥했을 때 이미 쇠할 때를 예상하신 거지. 우리도 계속 이렇게만 해나간다면 우리 가문은 자연히 단단한 뿌리를 내릴 것이다."

사람들은 품성과 처세가 뛰어났던 증국번을 지금도 존경한다. 우리는 그가 가족들에게 엄격히 강조했던 근검절약하는 생활만 엿보더라도 그가 얼마나 훌륭한 사람인지 미루어 짐작할 수 있다.

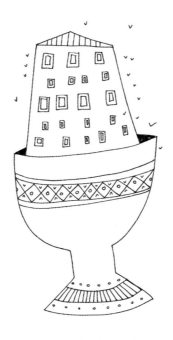

서로에게 이익이 없는 일에는 돈을 쓰지 말라.
근검절약하라.

부유하되 사치스럽지 않으면
시기를 면한다

누구나 잘 알다시피 록펠러는 재산이 10억 달러가 넘는 전 세계적인 부자였다. 그의 가문은 일반 서민의 가정은 말할 것도 없고 심지어 보통의 왕가보다도 훨씬 부유했다. 그러나 록펠러는 집안이 그렇게 부유한데도 자녀들의 용돈 같은 작은 일까지 매우 엄격하게 직접 관리했다.

그는 자녀들에게 나이에 따라 용돈을 차등지급했다. 7~8살 때는 일주일에 30센트, 11~12살 때는 주당 1달러, 12살 이상부터는 20달러까지 차츰 늘려가며 일주일마다 용돈을 주었다. 그러고는 각자 용돈기입장 한 권씩을 건네주고는 어디에다 돈을 썼는지 적어서 용돈을 받을 때마다 검사 받도록 했다. 뿐만 아니라 '파리 백 마리를 잡으면 10센트, 쥐를 한 마리 잡으면 5센트, 땔감을 해오거나 잡초를 뽑으면 얼마' 하는 식으로 집안일을 도우면 보상으로 보너스를 주었다. 그래서 아이들은 용돈을 벌려고 앞을 다투어 집안일을 했다. 나중에 부통령직까지 오른 둘째 아들 넬슨 록펠러와 신흥공업을 일으킨 셋째 아들 로렌스는 아예 대놓고 자신의 동료들에게 '가죽 구두는 한 켤레당 5센트, 부츠는 10센트' 하는 식으로 집안사람 전체의 구두를 닦는 일을 맡기기도 했다.

1차 세계대전 기간에는 록펠러 집안 전체가 남녀노소 상관없이 각자에게 배급된 분량의 식량만을 먹었기 때문에 특별히 케이크라도 구울 때면 여자아이들에게는 같은 양의 설탕을 내게 했고, 남자아이들은 함께 가꾼 '빅토리아' 텃밭에서 채소를 뽑아 집안 어른들과 함께 근처 식료품점에 내다 팔아야 했다. 넬슨과 로렌스는 함께 토끼를 길러 의학 연구소에 팔기도 했다.

자녀들이 대학에 다닐 때도 용돈은 보통 대학생들과 별반 다르지 않았다. 그리고 꼭 돈을 써야 할 특별한 일이 생기면 반드시 따로 신청을 해야 했다. 한번은 친구들과 어울리기 좋아하는 넷째 아들 윈이 돈을 가불하고도 갚지 않았다가 아버지에게 혼쭐이 나고서 결국 큰 누나에게 돈을 빌려 갚은 일이 있을 정도이다. 막내아들 데이비드David : 후에 체이스맨해튼 은행 총재가 됨 역시 마찬가지로 집안의 가르침을 혹독하게 받았기에 대학에 재학할 당시에도 '방금 마신 음료수는 얼마, 먹은 음식 값은 얼마 하는 식으로 지출할 때마다 일일이 기록하며 철저하게 집안 규칙을 지켜 동창들을 놀라게 했다.

록펠러는 평소 자신의 외동딸에게 특별한 애착을 가졌지만 검소하고 소박함을 가르치는 데에는 그녀 역시 예외가 없었다. 종교적인 이유지만 록펠러는 자신은 물론 딸에게도 절대 담배를 못 피우게 했다. 그리고 20살 전까지 담배를 피우지 않으면 딸에게 보너스로 2천5백 달러를 주겠다고 약속까지 했다. 하지만 아직 20살이 채 안 된 딸이 담배를 피우는 것을 알고 나서 '당장 끊지 않으면 보너스는 없던 일로 하겠다'며

으름장을 놓기도 했다.

록펠러가 이렇게 자녀들을 엄하게 키운 것은 '부자들이 천당에 들어가기란 낙타가 바늘구멍 통과하는 것보다 훨씬 어렵다'는 것을 잘 알았기 때문이다. 그는 "요즘 아이들은 가장 쉬운 길, 방해물이 가장 적은 길로 가려는 경향이 있다"며 이런 부분에서 자녀들이 잘 다듬어지길 바랐던 것이다.

록펠러 가家는 지금까지 한 세기가 넘게 대대로 편안하고 부유한 생활을 누리면서 살고 있다. 그런데도 놀랍게 이런 부잣집을 시기하거나 나쁜 말로 깎아내리는 사람은 거의 없었다. 아마도 그 이유는 그들이 대대로 이어온 검소한 생활, 자신을 낮출 줄 아는 가풍과 밀접한 관계가 있을 것이다.

어디서든 '최고'일
필요는 없다

당신은 아주 부유한 사람일 수도 있고, 아주 지위가 높은 사람일 수도 있고, 명성이 자자한 사람일 수도 있고, 또 다른 조건을 가졌을 것이다. 하지만 좀 더 파고들어가 보면 당신 역시 한 명의 보통 사람일 뿐이다. 그러므로 몸을 낮추고 보통 사람 본연의 모습으로 돌아가야 한다. 마호메트는 "물 한 방울이 가장 가고 싶어 하는 곳은 바로 바다이다. 남보다 더 뛰어난 능력이 있는 사람이라 하더라도 그저 물 한 방울일 뿐, 다른 많은 사람들은 물 한 방울 한 방울이 모여 큰 바다를 이룬다."고 말했다.

컴퓨터 업계에서 뛰어난 실력으로 이름난 어떤 CEO가 친구와 한담을 나누던 중, 친구가 그에게 말했다. "내 생각에 실력으로 보나 영향력으로 보나 우리 컴퓨터 업계에서는 자네가 단연 최고일세." 그러자 CEO가 대답했다. "그렇지. 경제적인 위치나 사회적 영향력, 아니면 경영방침으로 봐도 당연히 내가 최고지. 그렇지만 나는 겉으로는 최고처럼 보이지 않기 때문에 다른 사람들은 나를 진정으로 최고의 고수라고 쉽게 인정하지 않을 걸?"

그의 말에 따르면 진정한 '최고'란 연구개발, 상품 판매, 직원, 설비 등 모든 면에서 다른 업체보다 더 강해야 하기 때문에 그 자리에 오르기는 절대 쉽지 않다. 또한 다른 회사에 추월당하지 않으려면 끊임없이 설비를 확충하고 투자를 늘려야 하는 이유 때문에도 더욱 그렇다. 그는 그 모든 것을 해내기는 너무 힘들 뿐더러 하나라도 제대로 하지 못하면 최고가 되지 못하는 건 둘째 치고 2인자 자리도 꿈꿀 수 없다고 말했다. 물론 한 사람의 개인적인 의견이긴 하지만 이건 '진실'이기도 하다. '최고'가 된다는 것, 그것은 바꿔 말하면 '최고'의 자리를 유지하기 위해 엄청난 힘과 공을 들여야 한다는 것을 의미한다.

사업 경영뿐 아니라 직원으로 한 회사에 출근하고 급여를 받는 것 역시 같은 이치이다. 한 부서에서 '최고 자리'인 책임자 역시 그 자리를 잘 지키려면 사람들에게 따돌림 당하지 않도록 노력해야 한다. 그러자면 평소에도 부하직원들을 잘 다독이고 상사들과 좋은 관계를 유지해야 한다. 우리가 명심할 것은, 실적이 있을 때에는 당연히 책임자가 일등공신이지만 반대로 부서 내에 과실이 생기면 가장 먼저 문책 당하는 사람도 바로 책임자라는 것이다. 사실 부책임자만 되어도 책임자만큼 그리 번거롭지 않다. 그래서 비록 겉으로는 책임자만큼 빛나 보이진 않지만 그에게 과실이 있더라도 바람막이가 되어 주는 책임자가 있기 때문에 어느 정도 노고를 덜 수 있다. 실제로 부하직원일 때에는 아무 일이 없다가도 책임자 자리에 앉기만 하면 하필 무슨 일이 터져 버리는 경우가 많기 때문에 많은 사람들은 오히려 책임자가 되길 꺼려한다. 우리는 여기서도 '최고'의 고충을 엿볼 수 있다.

　그렇다. '최고' 역할을 하려면 극복해내야 할 난관이 수도 없이 많지만 그러한 '최고' 자리를 그만두라고 말리는 사람은 절대 없다. 만약 누군가 '최고'가 될 능력이 있고 그 자신 역시 '최고' 자리에 흥미를 느끼는데다 기회까지 왔다면 어떻게 할 것인가? 충분히 능력이 되고 그 자리가 멋져 보여서 옳은 일에 나서 보겠다는데 당사자도 아닌 사람이 안 된다고 말릴 이유는 없지 않은가! 물론, 살다 보면 '우물에 빠진 놈을 돌로 치는' 식의 안 그래도 힘든 사람을 헤어날 수 없는 궁지로 몰아넣는 사람들이 꼭 있다. 그래서 2인자가 될 수 있는 사람인데도 2인자는커녕 세 번째, 네 번째 자리에도 오르기 힘들어지는 경우가 종종 있다. 기업의 경영도 마찬가지이다. '독보적 위치'에 있던 기업이 잠시라도 자리를 지키지 못하면 사람들은 일단 '어느 어느 회사가 망했다'라는 인상을 받게 되고 이는 결국 회사에 결정적인 영향을 미친다. 힘든 국면을 타개하는 데 '당신이' 공을 들이고 싶은가? 하지만 그 일은 말처럼 그리 쉽지만은 않을 것이다.

삶은 늘 '선택과 결정'의 연속이다.
모든 일에는 의미가 있고, 인생에서 가장 중요한 것은 '경험'이다.

위의 상황에서도 알 수 있듯이, 어떤 일을 하거나 기업을 경영할 때 CEO가 아닌 그저 임원으로서 일을 한다면 상관없다. 누누이 말하지만 '최고' 자리에는 서둘러 오르지 않는 편이 낫다. 앞에서 말한 컴퓨터 업체 CEO는 사회에 대한 자신만의 독특한 인식과 경험이 있었기 때문에 나름대로 처세에 이성적일 수 있던 것이다. 사실 우리 주변에는 '뜻을 이루면 바로 방탕해지는' 벼락부자가 많다. "돼지가 살이 찌면 결국 사람도 죽인다."는 속담이 있지 않은가! 돈 좀 벌었다고 평소에도 오만방자하고 물질적 풍요를 과시하며 다른 이를 억압하는 사람들이 있다. 그런 사람들은 종국에는 물질적인 것에 정신이 팔려 자신의 사람됨과 바꿔 버리는 지경에 이르기도 한다.

예전에 미국에서 제일가는 부자가 부富에 대해 경전 같은 해석을 내린 적이 있다. "부의 가장 큰 장점은 당신이 앞으로 더는 돈에 구애받지 않아도 된다는 것, 그리고 돈 없어 전전긍긍할까 걱정하지 않아도 된다는 것이다." 자신을 떠벌리는 데 급급한 벼락부자들이 꼭 한번 그 의미를 곱씹어 볼 필요가 있는 말이다. 벼락부자처럼 행세하는 것은 당신만의 '비장의 카드'를 만천하에 공개하는 것과 같다는 점을 기억해 두자. 그러한 벼락부자에게 가장 대단한 것은 결국 아주 표면적인, 그가 벼락부자라는 '꼬리표'뿐이다.

실제로 "나는 벌 만큼 벌었소이다." 하는 부자들에게 '돈을 번다'는 것은 그저 예전보다 돈이 조금 더 많아진다는 상대적인 의미일 뿐이다. 오직 '사람됨'이라는 예술을 잘 모르는 사람들이나 자신이 벼락부자라는 사실을 마치 비장의 카드나 되는 양 드러내 놓고 뽐내는 것이다.

당신이 설령 벼락부자가 됐다손 치더라도 부디 벼락부자인 척 드러내지 마라. 예전처럼 조용히 지내고 자신을 낮추는 편이 좋다.

뜻을 이룬 후에도
평상심을 잃지 마라

예전에 유명 기업인이 이런 말을 했다. "천신만고 끝에 제품을 출시했다 치자. 그래도 기뻐할 수 있는 시간은 기껏해야 5분이다. 기쁨에 겨워 잠시 노력을 게을리 하다가 다시 1분이 흐르고 나면 누군가 당신을 따라오기 시작하고, 급기야 이미 따라잡은 사람도 생길 것이다." 정말 식견 있는 기업인이다.

회사에서 승진했거나 표창을 받을 때 당신은 종종 우쭐대는가? 만약 그렇다면 잠시 승진으로 흥분했던 마음을 가다듬어 평소 상태로 돌려놓아야 한다. 아마 당신은 이미 인생의 장기적인 투쟁 계획까지 빈틈없이 세워 놓았을지도 모르겠다. 그리고 그중 일부는 아마 아주 완벽하거나 아주 높이 평가할 만한 것일 테다. 하지만 세워 놓은 목표를 이루기 전 중간 과정에서 생긴 승진이란 정말이지 아주 사소한 일에 불과하다는 점을 알아 두자. 실제로 계획을 실행해 가는 가운데 일을 시작하자마자 다른 사람에게 칭찬받는 일은 얼마든지 생길 수 있다. 이때는 그저 고마운 마음으로 웃어넘기도록 한다. 우리는 마음속에 숨겨둔 목표를 이룰 때까지는 전에 그래 왔던 것처럼 묵묵히 일에만 집중해야 한다. 당신이 계획한 목표를 끝까지 성공했을 때에야 사람들은 비로소 당신의 진면목에 감탄할 것이고, 당신 역시 사람들이 칭찬했던 것보다 훨씬 뛰어난 결과를 얻을 수 있을 테니까!

"어떤 사람이 스스로 엄청난 업적을 이루었다고 생각하고 더는 앞으로 나아가지 않는다면 어느 순간 그의 눈앞에 실패가 와 있을 것이다." 미국의 자동차 왕 포드의 말이다. 시작할 때에는 누구나 일에 집중하여 열심히 한다. 하지만 중간쯤 가서 잠시 반짝이는 성과를 내고 나면 나도 모르는 사이 우쭐하게 된다. 그러면 실패가 바로 당신 뒤에 따라붙는다는 이야기이다.

석유 왕 록펠러 역시 "사업이 한창 잘나갈 때 나는 매일 밤 잠들기 전 '자만 때문에 이성을 잃어서는 안 돼.' 하고 스스로 의지를 다졌다. 나는 평생을 이렇게 스스로 반성하는 시간을 가지면서 일에도 많은 효과를 낼 수 있었고 득의양양해지려고 할 때면 나는 언제나 이런 과정을 통해 스스로 감정을 차분하게 가라앉혔다."고 말했다.

사실 '업적을 쌓는다'는 것은 당신이 지금보다 한 단계 더 올라서는 데 유리한 발판을 마련하는 일이다. 그러나 우리는 '업적을 쌓는 것'보다 중요한, '자신의 업적을 스스로 평가하는' 태도를 보고서 그 사람이 얼마나 위대한가를 짐작할 수 있다.

인생이 별 어려움 없이 순조롭게 흘러갈 때나 성공했다고 느꼈을 바로 그때가 자만하기에 가장 쉬울 때다. 이럴 때는 자칫 실패를 초래하고, 고생 끝에 맛본 낙을 다시금 슬픔에 빠뜨리기 쉽다. 트로이 전쟁을 그린 〈헬렌 오브 트로이〉를 본 사람이라면 트로이가 어떻게 망했는지 기억할 것이다.

트로이인들은 공격해온 그리스 연합군과 한바탕 전쟁을 치렀다. 전쟁이 점점 소모전의 양상을 띠자 연합군은 묘책을 짜내어 트로이 성 앞에 거대한 목마를 세워 놓고는 모두 바다로 철수를 했다. 그러나 그 목마는 사실, 속을 비우고 병사들을 실은 위장된 전략이었다. 트로이인들은 해안에서 멀어져 가는 연합군의 선단을 보고서 적이 정말 철수한 것으로 착각했다. 승리의 기쁨에 도취된 트로이인들은 그 목마를 전리품으로 삼고 성 안으로 끌고 들어갔다. 성대하게 연회를 열고 음주가무를 즐기던 그들이 드디어 잠에 빠졌을 때, 목마 안에 숨었던 그리스 연합군 병사들은 몰래 빠져나와 성문을 열어 주고 성 안팎에서 협공을 펼쳤다. 결국 방어태세를 전혀 갖추지 못한 트로이인들은 이렇게 멸망하고 말았다.

이 이야기를 읽고 나면 우리는 뜻을 이뤘을 때에도 너무 일찍 기뻐해서는 안 된다는 점을 잘 알 수 있다. 그렇지 않으면 실망할 일도 곧이어 온다는 점도 말이다. 순탄한 과정이 계속되는 것에 안심하여 자기도 모르게 기쁜 마음을 겉으로 드러내는 사람이 있는데 절대로 마냥 기뻐하고만 있어서는 안 된다. 어떻게 해야 그 행운을 유지하고 성공을 영원히 간직할 수 있는지 잘 생각해 봐야 한다. 그리스의 유명한 웅변가였던 데모스테네스는 "행복을 얻는 것보다 지키는 것이 훨씬 어렵다."고 말했다. 같은 이치이다. 일을 하면서 좋은 성과를 내는 것도 쉽지 않지만 더 어려운 것은 그 성과를 어떻게 지켜내는가이다. 그러므로 당신에게 엄청난 행운이 다가왔고, 당신의 사업도 이미 성공가도를 달리며 부귀영화를 누리게 되었다 하더라도 절대 본래의 자신을 잊어서는 안 된다. 사회와 사업 그리고 생활에 조화로운 발전을 이루기 위해 항상 마음을 단련시키는 노력을 게을리 하지 말아야 한다.

자신이 대단한 존재라고
생각하지 마라

사람 된 도리를 잘 아는 사람은 대부분 사회구성원 가운데 자신의 위치를 바로 놓을 줄도 아는 사람이다. 그리고 자신을 남보다 한 수 위라고 생각하는 사람은 분명 세상에서 가장 아둔한 사람이다.

모든 걱정거리는 때때로 우리 자신의 오만방자한 마음가짐에서 비롯된다. 만약 무턱대고 거만하게 구는 사람이 있다면 그는 분명히 그 누구도 안중에 두지 않고 모든 일을 자신 위주로 처리하려 할 것이다. 그러나 계속 그렇게 하다 보면 자신을 둘러싼 갖가지 걱정으로 온종일 고민하느라 머리만 아플 뿐이다.

자기 자신을 지나치게 과대평가하는 사람은 알 수 없는 자아도취에 빠져 현실과 괴리되기 쉽다. 그러면 그는 온종일 자기만족에만 젖어 다른 사람들의 불만이나 충고를 모두 무시할 것이다. 그러다 공명과 이익에 관한 일이 생기기라도 하면 아마도 놀랄 만큼 재빠르게 행동할 것이다. 유감스럽지만 이런 사람들은 다른 사람들에게 영원토록 이해와 존중을 받을 수 없다.

기고만장한 사람들은 자기 자신에게 스스로 객관적인 평가를 내리지 못한 채 '이 세상에서 내가 가장 대단하다고 여기며 실제로 내가 누구이며 어떤 존재인지 객관적으로 생각하지 못한다. 그리고 세상 물정은 하나도 모르면서 허풍을 떨며 자신의 위대한 패기와 기개를 내보이기에 바쁘다. 이런 상황까지 가면 빈말로는 어떤 문제도 해결할 수 없다. 사람들은 착실하게 실제 업무에 몰두하는 사람을 존경하지 자화자찬에 빠진 거짓말쟁이를 존경하지는 않는다. 위대한 사람일수록 자신을 낮추고 겸손하게 남을 대한다는 것을 명심하자. 사람들도 그런 사람을 훨씬 존경한다.

여기 재미있는 일화가 하나 있다.

미국 뉴욕의 지저분한 대합실에 피곤에 지친 한 노인이 문쪽 가까운 자리에 와 앉았다. 흙먼지로 뿌연 등과 진흙투성이 신발로 보아 그는 먼 길을 온 것이 분명했다. 기차가 플랫폼으로 미끄러지듯 들어서고 개찰이 시작되자 노인은 천천히 일어나서 개찰구 쪽으로 갈 채비를 했다. 그 순간 대합실에 뚱뚱한 아줌마 한 사람이 들어왔다. 아주 큰 트렁크를 하나 든 그녀 역시 이번 기차를 타려는 것 같았다. 하지만 트렁크가 너무 무거웠는지 그녀는 연신 숨을 헐떡였다. 그때 아줌마의 눈에 그 노인이 보였다. 그녀는 바로 노인을 불러 세웠다.

"저기요, 영감님! 제 트렁크 좀 들어주세요. 팁도 드릴게요."

노인은 길게 생각하지 않고 트렁크를 즉시 받아들고는 아줌마와 함께 개찰구를 통과했다. 기차는 그들이 타자마자 곧 출발했고, 아줌마는 땀을 닦으면서 기쁜 듯 말했다.

"정말 신세 많이 졌습니다. 영감님이 아니었다면 분명 이번 기차를 놓쳤을 거예요."

그녀는 약속대로 1달러를 꺼내 노인에게 탑으로 건네줬고 노인은 웃으면서 돈을 받았다. 그때 열차장이 걸어오더니 노인에게 말을 걸었다.

"록펠러 씨, 안녕하세요? 이 기차에 탑승하신 것을 환영합니다. 제가 뭐 도와드릴 일이라도 있나요?"

그러자 노인은 정중하게 대답했다.

"고맙습니다만 괜찮습니다. 사흘간 배낭여행을 하고 이제 뉴욕 본사로 돌아가는 길입니다."

"뭐라고요? 록펠러 씨라고요?" 그 아줌마가 놀라 소리쳤다.

"어쩌면 좋아, 내가 그 유명한 석유 왕 록펠러 씨한테 트렁크를 들어 달라고 하고, 거기다 1달러를 팁으로 주다니! 내가 도대체 무슨 짓을 한 거야?"

그녀는 황급히 록펠러에게 사과했고 방금 주었던 1달러를 돌려주십사 부탁했다. 그러자 록펠러는 웃으면서 말했다.

"미안해하실 필요 없습니다. 아주머니는 잘못하신 게 하나도 없는 걸요. 그리고 1달러는 엄연히 제가 번 돈이니 받아 두

겠습니다."

록펠러는 이렇게 말하면서 그 1달러를 주머니에 집어넣었다. 중요한 일에서 비범한 성과를 만들어 내면서도 보통 사람처럼 생활하는 사람이 바로 진정한 '큰 인물'이다. 그런 사람들은 평소 굉장히 겸허하며 자신이 부유하다고 해서 오만하게 남을 깔보지 않는다. 또 그들은 절대 자신이 어떻게 성공하고 출세했는지를 쉴 새 없이 떠들어대지 않는다. 그리고 자신의 동료를 '속마음을 헤아릴 수 없는 사람'으로 치부하거나 원망하지도 않는다. 그들은 '사물 때문에 기뻐하지 않고, 자신의 일로 슬퍼하지 않는다.' 다만 편안히 자신의 본분에 최선을 다할 뿐이다.

반면 독단적인 사람은 쉽게 발끈한다. 그들은 자주 몽상에 빠져서는 자신의 지혜와 능력을 과신하면서 자신만이 옳다고 생각한다. 어지간해서는 다른 사람의 의견이나 충고 따위는 받아들이지도 않는다. 오히려 다른 사람의 의견을 자신에 대한 부정 혹은 자기폄하라고 생각해 버리기 일쑤다. 실제로 이런 사람들은 전형적인 속 빈 강정이다. 이들이 고집을 부릴 때면 그들이 정말 진정한 강자가 아니라는 것을 스스로 증명해 준다. 즉, 그 자신도 자기가 억지 부리는 것을 알기 때문에 속으로 켕기는 데가 있지만 그럼에도 졌다는 사실만큼은 인정하고 싶지 않은 것이다.

사실 내실과 실력을 겸비한 사람이라 해도 최고의 자리에 영원히 있을 수는 없다. 이제부터는 예전에 이뤘던 성공이나 눈부신 성과는 잊어버리고 현실을 직시하라. 그럴 수 있어야만 시간이 흘러 나중에 무대 뒤로 물러날 때 다른 사람들에게 박수와 꽃다발을 받을 수 있다.

재능으로 업신여기지 말고,
방종으로 미움을 사지 마라

무릇 사람이 어떤 재능이 있으면 몸값이 뛰기 마련이다. 하지만 그 재능은 자만거리가 아니므로 그 때문에 오직 자신만 고결하다고 여기거나 다른 사람을 눈 아래로 내리깔면서 안하무인이어서는 안 된다. 우리는 세상 그 누구든 존경받고 싶어 하는 욕구가 있다는 것을 알아야 한다. 그런데 자신의 재능만 믿고 교만하면 그 때문에 남의 미움을 사게 되고 결국에는 패가망신하고 말 것이다.

혜강嵇康은 위진魏晉 시대 풍류를 즐기던 명사들인 죽림칠

현중국 위魏·진晉의 정권교체기에 정치권력에는 등을 돌리고 죽림에 모여 거문고와 술을 즐기며 청담淸談으로 세월을 보낸 일곱 명의 선비. 개인주의적·무정부주의적인 노장사상老莊思想을 신봉하였다. 완적阮籍·혜강嵇康·산도山濤·향수向秀·유영劉伶·완함阮咸·왕융王戎을 가리킴의 대표적 인물이다. 그는 당시 유명했던 사상가이자 문학가 겸 음악가였다. 노장사상을 즐겼던 그는 대쪽 같은 성격으로 종종 속세에 불만을 토로하기도 했다. 결국 세인世人과 어울리지 못하는 점 때문에 그는 비극적 결말을 맞이하게 되었다.

종회鍾會는 위나라 대신이었던 종요鍾繇의 아들이다. 신흥 귀족이었던 사마司馬 씨가 득세하기 시작하자 종회는 곧장 이를 등에 업고 사마 씨 권력 집단의 주요 인물이 되었다. 그는 현학玄學 : 노장의 학문, 중국 도가의 학문-옮긴이에도 퍽 관심이 있었다. 어느 날 종회가 의관을 바로하고 중요한 손님들을 대동하여 준마를 타고서는 위풍당당한 모습으로 혜강을 찾아갔다. 그런데 혜강은 때마침 마당의 버드나무 아래서 철을 연마하는 데 정신이 팔려 있었다. 날이 더워 땀이 비 오듯 했지만 그의 얼굴에는 즐거운 기색이 역력했다. 옆에서는 죽림칠현의 향

수가 연신 그에게 부채질을 해 주었다. 혜강은 종회와 한 무리의 손님들이 찾아왔는데도 곧장 일손을 놓고 그들을 맞이하기는커녕 바로 가까이 다가와 섰을 때조차도 아는 체를 하지 않았다. 그들을 본체만체하고 끌을 놓지 않는 모습이 마치 다른 사람이 끼어들 수 없을 만큼 일을 즐기는 것 같았다.

종회도 혜강의 이런 괴짜 같은 행동을 익히 들어 알고 있었지만 이번엔 특별히 그에게 가르침을 청하고자 온 것이니 그의 이런 웅대에도 그다지 기분 상하지 않았다. 그저 일행과 함께 한쪽에서 조용히 그를 기다릴 뿐이었다. 그러나 잠시 기다린다는 게 두 시간이 될 줄은 그도 전혀 생각지 못했다. 그 때까지도 혜강은 끌을 들고 쉴 기미도 없이 계속 일을 했다. 기분이 상해 막 관아로 돌아가려 할 찰나 그때까지 말 한마디 없던 혜강이 뜻밖에 "무슨 소문을 듣고 찾아왔으며, 무엇을 보고서야 떠나십니까?"라며 말문을 열었다. 그런 성의 없고 교만한 말이라면 차라리 안 했으면 좋았을 걸, 종회는 마음 깊은 곳에서 그를 향한 미움이 끓어올랐다. '많은 손님들 앞에서 내 체면을 깎았어도 꾹 참았거늘, 네가 뭔데 뉘우치거나 미안한 기색 하나도 없이 도리어 나를 비꼬고 조롱한단 말이냐!' 하지만 종회는 치밀어 오르는 부아를 애써 눌러 참고서 옹골차게 한마디를 남기며 자리를 떴다. "선생의 덕을 들은 바 있어 왔으며 깨달은 바 있어 떠납니다." 그 후 혜강은 이 일을 까맣게 잊었지만 종회는 내내 마음에 두고 되갚아줄 기회만 노렸다. 그는 후에 여손呂巽, 여안呂安 형제의 다툼으로 복수의 뜻을 이루게 된다.

여손과 여안은 둘 다 혜강의 친한 벗이었다. 여손은 줄곧 여안의 처인 서徐 씨의 미모에 눈독을 들여왔다. 그러던 어느 날, 여안이 외출한 틈을 타 여손이 술에 취해서는 제수씨를 범하고 말았다. 사실이 드러나자 여안은 분노했고 인륜을 저버린 형을 고발하기에 이르렀다. 물론 두 사람이 돌이킬 수 없는 종국에 이르는 것을 원하지 않는 벗 혜강은 중간에서 둘을 화해시키기 위해 부단히도 노력했다. 그 결과 잠시나마 그들의 다툼은 잠잠해지는 듯했으나 이번에는 뜻밖에도 여손이 나서서 '여안이 불효하여 노모를 학대한다.'고 여안을 중상모략했다. 여손을 총애하던 종회의 도움으로 유구무언인 채 귀양 가는 신세가 되고 만 여안은 분을 못 이겨 억울함을 호소하는 상소를 올리면서 혜강을 언급했다. 혜강은 줄곧 바르고 강직한 사람으로 의를 중요하게 여겼다. 그는 이번 일에도 역시 앞장서서 숨김없이 일의 내막을 진술했으나, 어찌된 일인지 누명을 쓰고 그마저 결국 감옥에 갇히게 되었다. 과거 혜강에게 푸대접을 당한 종회는 이 이을 핑계로 혜강을 사지에 몰아넣고는 매우 즐거워했다.

또 종회는 여기서 그치지 않고 사마소를 찾아가 조나라와 위나라에 충성했던 장수들이 반란을 도모했을 때 혜강이 그에 동조했다고 헐뜯었을 뿐 아니라 혜강, 여안 등은 평소에도 언행이 방정치 못하고 조정의 명분과 교화에 반론을 일삼으며 군주에게 복종하지 않고, 부정하며 스스로 풍속을 바로잡으려 한다고 중상모략했다. 사마소도 평소 신랄하게 정치를 비판했던 혜강에게 불만을 품고 있었는데, 마침 종회의 공교로운 입놀림으로 그의 가슴속에는 혜강을 죽이고 싶은 마음이 일었다. 조환曹奐을 원제元帝로 세운 위 원제 경원景元 3년262년, 결국 혜강은 낙양에서 죽음을 맞았으니 애통한 일이 아닐 수 없다.

자신의 재능을 믿고 교만한 자는 대부분 보통 사람과는 필적할 수 없는 비범한 능력을 갖추었다. 그런 사람들은 보통 일부러 다른 사람에게 시비를 거는 행동을 자주 하는데 바로 청렴하고 강직한 성격이 그런 행동으로 나타나는 것이다. 물론 무슨 연유로 그랬든지 간에 우리는 절대로 재능에만 의지한 채 타인을 자신보다 아래로 보아서는 안 된다.

겸손한 사람은 처세에 능하고
자신을 낮추는 사람은
됨됨이가 훌륭하다

수많은 사람들이 리자청李嘉誠 : '리카싱'이라고도 알려진 중국 최고의 갑부-옮긴이에게 가장 자주 묻는 질문은 바로 '어떻게 하면 사업을 잘할 수 있는가?'이다. 이 문제에 리자청은 '자신을 낮출 줄 아는 행동'이 중요하다는 늘 같은 대답을 했다. 자신을 낮출 줄 안다는 것은, 사람들이 일반적으로 말하는 '처세는 겸손하게, 품성은 온화하게, 남과는 경쟁하지 않는 것'을 말한다.

자신을 낮출 줄 아는 행동은 바로 '겸허하고 남과 어울리려는 마음가짐으로 다른 사람과 교제하는 것'을 말한다. 사업

역시 이와 마찬가지로, 리자청은 다음과 같이 털어 놓았다.

"간단하게 말해서, 사업을 일부러 찾으려고 하면 어렵지만 사업이 당신을 찾아오게끔 하면 쉬워진다. 우리에게 가장 중요한 것은 부지런하고 겸손하며 근검절약하는 미덕을 갖추어야 한다는 점이다. 자신을 아끼고 돌아볼 줄 알면서 남에게는 대담함을 유지하는 것, 이것이 내가 생각하는 '자신을 낮출 줄 아는 행동'이다. 나는 신용을 중시하며 친구가 많은 편이다. 지금까지 어느 나라 사람이든, 어느 지역 출신의 중국인이든 나와 함께 일하는 사람이라면 누구든지 좋은 친구가 되었다. 나는 지금까지 인상 찌푸리는 일이 한 번도 없었다고 자부한다. 나는 이 점을 매우 자랑스럽게 생각한다."

리자청은 줄곧 자신을 낮추었을 뿐 아니라, 자녀에게도 자신을 낮추어 차근차근 타이르는 방식으로 교육을 해 나갔다. 그는 관대하고 진보적인 아버지였다. 리자청은 유행에 민감한 아들의 스타일이 눈에 거슬렸지만 그렇다고 아들에게 자신의 의견을 강요하지는 않았다. 그는 미래에 아들이 큰 사업을 할 수 있기를 바랐고, 개인적인 생활에서 품위와 품격은 그

저 너무 유별나지만 않으면 된다는 생각이었다. 아들 리쩌카

이李澤楷 : Richard. Li로도 잘 알려짐-옮긴이가 혼자 힘으로 산부인과를

개업했을 때 리자청이 아들에게 들려준 잠언이 있다. "나무가

크면 바람도 센 법! 자신을 잘 낮추어야 하느니라." 물론 리쩌

카이는 아버지의 말씀을 그대로 지켜 행동했다.

　겸손하게 말하는 사람은 처세에 능하고, 자신을 낮출 줄

아는 사람은 됨됨이가 훌륭하다. 개인 사업도 나랏일도 모두

마찬가지이다. 벤저민 프랭클린도 자신을 낮추는 면에서 귀

감이 된다. 그는 자서전에서 이렇게 밝혔다.

　"나에게는 규칙 하나가 있다. 다른 사람의 의견을 절대 정

면으로 반박하지 않는 것이다. 그리고 나 자신에게도 '독단적

으로 행동하지 말자'고 항상 다짐한다. 또 '지나치게 긍정적인

말은 사용하지 말아야지' 하고 생각한다. 나는 '물론, 의심의

여지없이'와 같은 단어는 절대 쓰지 않는다. 대신 '내 생각에

는, 내가 만약 혹은 내 예상으로는' 등의 말을 사용한다. 어떤

사람이 내게 반대 의견을 늘어놓는다고 해도 절대 그 즉시 반

박하거나 그의 잘못을 지적하지 않는다. 그의 말이 끝나기를

기다렸다가 대답할 차례가 오면, 그제야 '어떤 조건과 상황하에서는 상대방 의견이 맞지만 지금 상황으로는 약간 다르다'고 내 생각을 밝힌다. 나는 그렇게 해서 아주 짧은 시간 안에 많은 사람들의 공감을 얻어낼 수 있었다. 또 그렇게 하면서 내가 참여하는 대화의 분위기도 훨씬 좋아졌다. 나는 겸손한 태도로 내 의견을 드러내는데, 이 방법은 상대방에게 더욱 쉽게 어필할 뿐 아니라 상대방과의 충돌도 줄여준다. 물론 처음에는 이렇게 행동하는 것이 정말 어려웠다. 하지만 오랜 시간 이런 행동을 지속했더니 지금은 습관으로 길들여진 것 같다. 그래서인지 한 50여 년 동안 내가 아주 독선적이었다고 말하는 사람은 아무도 없던 것 같다. 그리고 이런 습관 덕에 내가 제안한 새로운 법안이 많은 이들의 지지를 받을 수도 있었다. 사실 나는 남의 말에 맞장구도 잘 못 치고 눌변인데다 어휘 선택도 무디고, 때로는 말을 틀리게 하기도 한다. 하지만 그럼에도 일반적으로 나의 의견은 폭넓은 지지를 받는다."

사실, 프랭클린은 여기서 관용, 온화함 그리고 자신을 낮출 줄 아는 행동이라는 그의 훌륭한 점을 표현했을 뿐 무언가 완전히 새로운 개념을 내놓은 것은 아니다.

리자청이나 벤저민 프랭클린은 처세를 함에 있어서 겸손의 미덕을 잘 알고 있었으며 그것을 실천하여 자신을 낮춤으로써 사람들의 호감과 지지를 얻을 수 있었다. 또한 이 같은 품성은 인간관계에서 더없이 훌륭한 밑거름이 되었다.

낮춤은 성공으로 가는
또 하나의 경지다

자신을 낮출 줄 안다는 것, 그것은 당신이 지금껏 수도 없이 챙겨왔던 체면, 거드름, 과시욕 같은 허영심을 포기하는 것을 말한다. 또 성실한 척, 신중한 척, 성인군자인 척하는 가면을 던져 버리는 것이기도 하다. 이렇게 하면 친구와 동료, 부하직원들 모두가 충분히 당신과 마음을 나눌 수 있게 되고, 당신과 어깨를 나란히 할 수 있다. 이를 통해 당신은 모든 이들과 서로 소통하고 어울릴 기회를 더 많이 얻게 된다.

부자를 논한다면 대만의 왕용칭王永慶을 빼놓을 수 없다. 세계적 기업가이기도 하지만, 사실 그는 '왕용칭'이라는 이름 석 자만으로도 명성이 자자하다. 그는 대만 최대 그룹 타이쑤臺塑의 회장이자 대만 산업계의 대표적인 지도자이고, 세계적으로 유명한 부자이다.

그는 자산이 수십억 달러에 달하는 초특급 부자이지만, 절대 떠벌리는 스타일이 아니다. 사생활 역시 사람들이 믿기 어려울 정도로 검소하다고 알려졌다. 평소 그는 집에서 늘 수건 체조를 하는데, 놀라운 것은 20여 년 동안이나 계속 수건을 하나만 사용해서 이미 더는 쓸 수 없을 정도로 해졌는데 지금도 그것을 사용한다는 것이다. 집에서 쓰는 비누도 아주 작은 조각만 남았다 하더라도 절대 버리는 법이 없다고 한다. '그룹 회장님' 왕용칭은 새 것에 그 작은 비누 조각을 붙여서 마지막까지 사용하려 노력한 사람이었다.

그의 그런 태도는 회사에서도 마찬가지이다. 그는 보통 회사에서 일반 부서책임자들과 같은 점심 도시락을 먹으면서 상황 보고를 받기도 하고 업무 조사를 하기도 했다. 손님을 접대할 때에도 남들 하듯이 호화로운 호텔 식당에서 근사하게 차리지 않고, 지사에 마련된 초대소에서 평소처럼 식사를 준비하는 것이 보통이었다.

그리고 일반적으로 대기업 고위급 직원들은 승용차를 한 대씩 지원받기도 하지만 타이쑤 그룹은 근검절약 차원에서 처장급 임원들은 물론이고 이사급에게도 전용차를 지원하지 않았다. 한편 부하직원이 낭비하고 겉치레하는 모습을 발견하면 상당히 엄격하게 처벌했다. 한번은 부서책임자 네 명이 손님 세 사람에게 식사를 대접하느라 대만 달러 2만 NTS^{원화} _{로 72만 원 정도에 해당함-옮긴이}를 썼다. 이 사실을 알게 된 왕 회장은 그 책임자 네 명을 불러 아주 따끔하게 야단치고, 무거운 벌금까지 매겼다. 사람들은 '왕용칭 같은 부자가 그까짓 돈 좀 쓰는 것이 뭐 그리 대단한 일일까.' 싶을 것이다. 하지만 왕용칭은 사치를 멀리하고 보통 서민의 자세를 유지하는 점에서부터 성공가도를 달릴 중요한 자질을 갖추었음을 엿볼 수 있다.

누가 그랬던가, 사람의 일생은 바로 매 순간 고통을 겪는 과정이라고! 사실 모든 사람들에게 그의 이런 가치관을 요구할 수는 없다. 그렇지만 지금보다 한 단계 발전하려 한다면 모든 일에 신중함을 기하고 자신을 낮출 줄 알아야 한다. 고생을 평범한 일상으로 여기는 것이야말로 진정 안정된 마음가짐이라 할 수 있겠다.

왕용칭의 생활은 비록 근검절약 그 자체였지만 그는 절대 구두쇠는 아니었다. 그가 설립한 창껑長庚 병원은 다른 곳보다 병원비가 훨씬 낮은 수준이다. 그는 사회복지와 공공사업에 기부도 여러 차례 하는 등 이런 쪽으로는 절대 인색하지 않고 쾌척할 줄 아는 사람이었다. 또 한 병원이 증·개축하는 데에 대만 달러 2억 5천만 NTS 원화 90억 원에 해당함-옮긴이를 선뜻 내놓은 적도 있다. 왕용칭의 이런 행동이야말로 자신을 낮출 줄 아는 태도라 할 수 있겠다.

자신을 낮춘다는 것은 바로 자기 자신을 모든 사람과 동등한 위치에 놓는 것을 말한다. 사람은 감정의 동물이다. 사람들은 실제로 당신에게서 금전이나 지위가 아닌 감정을 교류할 수 있는 보통 사람의 모습을 바란다. 당신이 조금만 더 노력하여 이런 자질을 갖추고 잘 유지해 나간다면, 사람들은 기꺼이 당신을 받아들일 것이다.

산을 옮기는 사람은 작은 돌멩이부터 옮긴다.

WHEN Is
MODEST
SUCCEEDS

재능이 뛰어나도 자만하지 않고
지위가 높도 거만하지 않다

WHEN IS
MODEST
SUCCEEDS

재능이 뛰어난 것은 아주 좋은 일이다. 하지만 자화자찬에 빠지면 결국 스스로 재능을
좀먹게 된다. 또 높은 지위에 오른 것도 아주 좋은 일이다. 그러나 자만하면 존경심을
깎아먹고 끝내는 자리보전하기도 어려워진다. 이처럼 허풍과 자만은 자신의 천박
함을 드러낸다. 그렇기 때문에 우리는 언제 어디서나 겸손해야 한다. 그리고 자세를
낮추고 부지런히 일해야 한다. 기억하자. 자신을 낮추는 것이야말로 자신을 소중하게
여기는 가장 큰 진리다.

영예는 일찍 맛보지
않는 것이 좋다

한 친구의 딸이 어릴 때부터 그림 그리는 것을 참 좋아했다. 게다가 재능도 천부적이라 할 만했다. 그래서 이 친구는 딸이 그림을 잘 배울 수 있도록 훌륭한 스승을 모셔오는 등 모든 정열을 쏟아 부었다. 그러기를 몇 년, 딸의 그림 실력은 일취월장했고 전국적으로 인지도가 있는 대회에서 상도 여러 차례 탔다. 그러자 언론에서 너 나 할 것 없이 달려들어 그 과정을 취재해 갔다. 그렇게 한 달을 보내면서, 아버지와 딸은 거의 아무 일도 못하고 온종일 기자와 인터뷰하고 밥 먹고 촬

영하고 밥 먹는 일만 반복하기에 이르렀다. 취재하러 온 곳 중에는 이름도 들어보지 못한 자그마한 곳에서부터 중앙에서 지방 방송국까지 다양했으며 두 사람은 50여 군데가 넘는 언론과 만났다.

뭐, 이치가 그렇긴 하다. 우리는 정보화 시대를 살아가는 만큼, 나이도 어린데 재능이 남다른 인재가 있다면 언론에서 그를 보도하는 것쯤 이상할 게 없지 않은가!

모든 일에는 정도가 있다. 그 아이는 온종일 기자에게 포위당해 인터뷰하고 TV에 출연하며 기념 사인을 하기에도 바빴다. 이런 상황이라면 누구라도 자신이 꽤나 대단한 사람이라는 느낌을 받을 것이고 다른 사람들을 턱 아래로 내려다보며 자만에 빠지기 쉽다. 또 자신의 일을 정상적으로 진행하는 데에도 크게 방해될 것이다. 특히나 친구의 딸은 이제 겨우 열네 살, 아직 심리적으로 채 성숙하지 못한 상황이었다. 어른이라도 우쭐할 텐데 하물며 아이라고 그렇지 않겠는가?

그런데 이 친구는 전혀 그렇게 생각하지 않았다. 보다 못한 이웃 사람이 그 친구에게 충고를 했지만 유감스럽게도 친구는 그 충고에 동의하지 않았고 오히려 이렇게 말했다.

"언론에서 왜 그리 벌떼처럼 몰려와 우리 딸을 취재하는지 아나? 바로 딸아이가 겨우 열네 살이기 때문일세. 그 아이가 스물넷에 상을 탔다면 뉴스거리나 될 수 있었을까? 언론에 제보를 해도 취재진들은 아마 눈길 한번 안 줬을 거야. 장아이링張愛玲:중국의 대표적인 여류작가-옮긴이도 그러지 않던가? 유명해지려면 일찌감치 유명해지라고! 그래서 이번 기회에 딸을 스타덤에 올려보려고 그러는 걸세."

이웃은 그의 말에 한숨을 내쉬고는 더 이상 아무 말도 하지 않았다.

장아이링에 관해 별달리 이러쿵저러쿵 말할 생각은 없다. 하지만 그녀의 명언 중에는 일부 다시 생각해 볼 말도 있다. 다른 말은 차치하고라도 "유명해지려면 일찍 유명해져라!"는 말은 얼마나 많은 사람들을 착각에 빠지게 했던가! 장아이링이 약관의 나이로 상하이 문단에서도 잘나가는 작가로 자리매김했다는 사실에 이의를 제기할 사람은 없을 것이다. 그녀의 대표작들은 모두 스물다섯 살 이전에 발표되었다. 그러니 그녀에게서 그런 말이 나온 것은 당연하기도 하다. 하지만 장아이링의 인생을 찬찬히 살펴보면, 그녀의 스물다섯은 평범한 스물다섯 살의 젊은이와는 크게 다름을 알 수 있다. 추측해보건대 그녀의 심리적 나이는 아마도 50세를 훌쩍 넘기지 않았을까 싶다.

알 만한 사람은 다 알 텐데, 그녀는 청대에 유명했던 '청류파淸流派'의 대표 작가 장페이룬張佩綸의 손녀이고, 청나라 대신 리훙장李鴻章의 종외손녀이다. 하지만 이렇게 화려한 배경은 그녀에게 전혀 기쁨이 되지 못했다. 부잣집 자제인 아버지와 서양 문물의 영향을 많이 받은 어머니는 서로 맞지 않았고, 장아이링이 열 살 때 결국 갈라섰다. 또 그 화려한 배경을 보고서도 추측할 수 있듯이 그녀는 천성이 고집스러웠다. 그런 그녀가 계모의 눈에 곱게 보일 리 없었다. 한번은 계모가 그녀를 모함하여 아버지에게 모질게 매를 맞고서 지하실에 혼자 열흘이 넘게 갇혔던 적도 있다. 어린 나이에 모진 세상의 면면을 두루 겪은 셈이다. 이런 면을 보면, 우리는 네 살에 세상을 의심의 눈초리로 바라보고 여덟 살에 《홍루몽》과 《삼국연의》를 읽은 그녀의 조숙함을 이해할 수 있고, 열세 살에 산문을 발표하고 스무 살에는 인기 작가로 등단한 그녀의 감성에 마음이 일렁일 것이다. 그녀는 확실히 일찍 유명해졌다. 하지만 그 속을 들여다보면, 장아이링이 젊은 사람으로서는 드물게 많은 역경을 헤쳐 나가며 살았다는 것을 알 수 있다. 인생무상을 깨우친 그녀는 어린아이의 몸에 마음만 일찍 늙어갔던 것이다! 이러한 평험하지 않은 경험들을 거치면서 그녀는 유명세에도 지치지 않고 자신만의 길을 잘 찾아갈 방법을 터득할 수 있었다. 그렇게 보면 우리는, 사실 "유명해지려면 일찍 유명해져라."보다는 번잡한 세상 속에서 자신만의 공간을 찾아내어 근심 없이 고요하게 살 수 있는 길을 찾는 것이 더 생각해볼 가치가 있겠다.

동서고금을 막론하고 장아이링처럼 그 대단한 명성에도 자신을 잃어버리지 않은 사람은 정말 드물다. 젊어서 재능을 인정받은 사람들은 대부분 그녀처럼 자신을 잘 조절하지 못했다. 경망스럽거나 혹은 여유로움을 탐내다가 결국은 스스로 자기 자신을 갉아먹는 사례가 많았다.

명성이란 아주 무거운 짐과 같다. 너무 일찍 얻게 되면 그 안에 든 것을 활용해 보기는커녕 오히려 짐의 무게에 눌려 인생의 나락으로 빠져들고 말 것이다. 그럼 반대로 생각해서, 당신이 그 짐을 짊어질 수 있다고 치자. 만약 그렇다 하더라도 상처투성이인 채로 그 생명력을 잃기 십상이다. 부디 명예욕을 버리고 마음을 편하게 둔 본래의 모습 그대로를 존중하도록 하자. 인생에도 사계절이 있지 않은가! 소년기에는 봄처럼 약동하고, 청년기에는 여름처럼 불탄다. 중년기는 가을처럼 성숙하고, 노년은 겨울처럼 쓸쓸하다. 모든 계절에는 그에 맞는 사명이 있고 그에 맞는 모습이 있는 법이다. 속성으로 어느 한 계절을 생략하고 인생을 이루길 바란다면 재앙까지는 아니더라도 비극을 불러올지도 모를 일이다.

명성은 사람들의 속삭임에 불과하지만,
그것은 때때로 썩어빠진 숨결이다.

재능이 너무 드러나면
외로워진다

평소에 업무를 하다 보면 사고도 빠르고 말솜씨도 청산유수지만 무슨 이유 때문인지 다른 사람들은 별로 그의 말을 듣고 싶어 하지 않는 동료를 자주 만나게 된다. 왜 그런지 아는가? 그의 표현이 다소 건방져서 사람들을 불편하게 하기 때문이다. 또 그런 사람들은 대부분 자신을 너무 드러내고 싶어 하고, 다른 사람들에게 항상 자신이 능력 있는 사람이라고 인정받길 원한다. 그래서 사사건건 우월함을 과시하면서 다른 사람들의 존경과 인정을 바란다. 하지만 바로 그런 점 때문에 그의 생각과 제안이라면 다른 사람들은 그것이 무엇이든 받아들이려고 하지 않는다. 결국 그 사람이 생각했던 것과는 정반대의 결과가 나오고 만다. 더욱이 다른 사람들 마음속에 조금이나마 남아 있던 자신의 위신까지 잃게 된다.

우리는 서로 심리적으로 접촉하며 살아간다. 이런 세상에서는 겸손하고 너그러운 사람들이 친구가 많다. 반대로 우쭐대길 좋아하고 자기는 높이 평가하면서 다른 이들을 무시하는 주변 사람들의 반감을 사게 되어 교제를 하더라도 결국에는 자신을 고립 상태에 빠뜨린다. 여곤呂坤 : 명나라 유학자-옮긴이 의 《신음어呻吟語》에는 "기운은 너무 성하면 안 되고, 마음은 너무 가득 차서는 안 되며 재능은 드러내서는 안 된다."는 말이 나온다. 이렇듯 처세에서는 마음에 성급함만 가득하고, 자신의 재능에 기대 으스대는 것을 가장 금기시한다.

우리는 누구나 인간관계를 맺는다. 그 안에서 다른 사람들에게 긍정적으로 평가받고 또 자신의 이미지와 존엄성까지 함께 지킬 수 있길 바란다. 그런데 만약 상대가 "나는 당신보다 한 단계 위요."라는 식으로 지나치게 우월감을 드러낸다면,

이것은 바로 상대방이 당신의 자존심과 자신감에 도전하는 셈이 되지 않겠는가? 이렇게 되면 당신은 그를 배척하고 싶은 마음이 생기고, 나아가 없던 적의까지 절로 생길 수 있다.

경쟁은 아니었지만 어쨌든 상대방이 당신보다 더 뛰어난 표현을 했을 경우, 상대방은 금세 무리 중에서 자신이 중요한 인물이라고 인식하게 된다. 반대로 당신이 더 훌륭하게 우월함을 드러내면 상대방은 또 금방 열등감을 느낄 것이고 그들의 부러움은 시샘으로 발전할 수도 있다.

우리가 부딪히는 문제는 대부분 시시비비를 근본적으로 가리는 원칙적인 문제는 아니다. 그러므로 당신의 자존심을 심각하게 해치지만 않는다면 상대와 첨예하게 대립할 필요까지는 없다. 우리가 살아가는 사회는 그물처럼 촘촘한 인간관계로 엮인 곳이니까 말이다. 당신이 한 발만 물러서면 다른 사람이 지나갈 수 있고, 당신도 금방 통과할 수 있다. 겸손하고 너그럽게 다른 사람과 잘 어울린다면 당신의 인간관계는 많은 부분에서 편리함을 안겨준다. 그뿐 아니라 언제 어디서든 생길 수 있는 수많은 번거로움도 피해갈 수 있게 한다. 가령,

당신이 원대한 포부를 지닌 사람이라면 일편단심으로 그 포부의 바탕을 튼튼하게 채우는 데 인간관계가 도움을 줄 것이다. 혹은 그저 보통 사람이고 싶다면 튀지 않고 조용히, 침착하게 생활하는 방법으로 당신의 인생은 아무런 구속도 받지 않고 유유자적하게 지낼 수 있다. 앞으로 나아갈 수도 있고 뒤로 물러설 수도 있다. 크게 고민할 필요도 없이 양쪽 모두에 길이 있는데 어찌 기쁘지 않겠는가?

어쩌면 당신은 이 책에서 지나치게 세상을 등진 사람이나 인간관계가 지나치게 원만하기만 한 사람의 이야기밖에 하지 않는다고 지적하고 싶을지 모르겠다. 또한 여기서 말하는 이치와 도리가 인간 본성이 지닌 자유로움의 발전을 억누르는 것이 아니냐고 묻고 싶을지도 모르겠다. 나는 둘 다 "그렇지 않습니다."라고 딱 잘라 대답하겠다. 사실, 여기서 말한 언행들은 각별히 삼가거나 추구하면 인간 본성을 건전하게 발전시키고 자기 자신의 가치도 성공적으로 높이는 데 지름길을 제시해줄 것이다.

우리는 실생활에서 나이는 어린데 성미가 급하고 자신을

과시하기 좋아하는 사람들을 아주 쉽게 볼 수 있다. 하지만 그들 역시 사회에 적응하자면 어쩔 수 없이 그 모난 데를 둥글게 될 때까지 갈아야 한다. 간혹 자신의 예리함을 다 무디게 해버려 이도 저도 아니게 되는 수도 있긴 하다. 사실 좋은 칼이 따로 있는 것은 아니지만 찌르는 데 사용하면 바로 좋은 칼인 것이다. 이처럼 중요한 재주를 가졌다면 언젠가 적절한 시기에는 대중 앞에 그것을 드러내야 한다. 사람들은 그제야 당신이 '칼날이 예리한 보도寶刀를 가졌구나' 하고 확실하게 인정한다. 이때 중요한 것은 드러낼 '시기'이다. 아무 때나 칼을 빼어 들고 휘두르다가는 다른 이에게 상처를 줄 수 있다. 우리는 절대 남을 해친 것에 흡족해 해서는 안 된다. 또 그것으로 당신의 할 일이 끝났다고 생각해서도 안 된다. 마치 칼날을 연마하는 데 오랜 시간이 필요한 것처럼, 당신은 그 재주를 꾸준하게 관리해야 한다. 일시적인 즐거움에 빠져 손질을 게을리하면 당신이 가진 칼날은 금세 무뎌지고 말 것이다.

영국의 대문호 조지 버나드 쇼는 수많은 사람들의 존경과 흠모를 한 몸에 받았다. 사람들 말에 따르면, 그는 어렸을 때부터 아주 영리하고 유머러스했다고 한다. 그 역시 젊었을 때에는 거침없이 자신의 예기를 드러내는 행동과 신랄하고 매몰찬 독설로 유명했다. 그와 이야기를 한 번 나눠본 사람이면 누구든 예외 없이 심한 말로 놀림을 당하며 마음에 상처를 받았다. 그러던 중, 한 친구가 그에게 말했다.

"자네는 다른 사람을 가지고 우스갯소리를 잘 하는데 그게 아주 재미있다고 생각하겠지? 그런데 다른 사람들은 그렇지가 않다네. 모두 자네가 없을 때 훨씬 즐거워하지. 아이러니하게도 그 이유는 모두가 '자네보다 낫지 않다'는 것이네. 자네가 있으면 모두들 감히 입도 뻥끗하지 못했던 거야. 물론 자네의 재능이 그들보다 한 수 위라는 건 잘 알겠어. 하지만 지금 같은 상태가 지속되면 친구들이 하나둘씩 자네 곁을 떠나지 않겠나? 자네는 그런 상황을 그냥 두고 볼 텐가?"

친한 친구의 그런 말에 조지는 마치 뒤통수를 한 대 세게 얻어맞은 기분이었다. 그는 만약 앞으로 자신이 가진 예리함을 다듬지 않는다면 사회가 자신을 받아들이지 않을 수도 있겠다는 생각마저 들었다. 그 손해가 어찌 친구를 잃는 데 그치

재능이 뛰어나되 자만하지 않고 지위가 높되 거만하지 않다

겠는가! 그래서 그는 스스로 앞으로 다시는 가시 돋친 말을 하지 않겠다고 맹세했다. 그리고 또 하나, 주어진 천부적 재능은 문학에만 발휘하겠다고 맹세했다. 훗날 문단에서 그의 위치를 공고히 하고 세계 각국의 사람들에게 추앙을 받게 될 때까지 그의 바뀐 태도가 큰 도움이 되었음은 분명하다. 그러니 당신이 다른 사람보다 능력이 뛰어나고 또 많다고 해서 꼭 드러낼 필요는 없다. 모든 것은 시간이 알려줄 테니까. 당신은 그때까지 서슬을 감추고 기다려라. 그러면 다른 사람과 함께 일할 때 당신의 입장을 조율할 줄 아는 융통성도 생길 수 있다. 이는 자기 보호에도 필요하고 다른 사람에게 존경을 받는 데도 도움이 되는 아주 중요한 자질이다.

또 다른 방면으로 살펴보자. 겸손한 사람은 보통 사람들의 신뢰를 쉽게 얻기 마련이다. 겸손하면 다른 사람들은 당신에게 위협을 느끼지 않는다. 또 당신 역시 다른 사람의 존경을 받아서 좋고 그들과 우호적인 관계를 맺을 수 있다. 그저 은근슬쩍 티만 내고 대충 넘어가야 인간관계에 더 좋은 영향을 불러올 것이다. 이 사회에서 어디까지나 겸손한 자세를 갖춰야 다른 사람들에게 환영받을 수 있다.

이 주제를 두고 카네기가 꽤 흥미를 당기는 칼럼을 쓴 적이 있다. "당신에게는 어떤 자랑거리가 있는가? 당신의 어떤 점이 스스로 낮출 줄 모르게 하는지 아는가? 알고 보면 대단하지도 않은 것 때문이다. 그것은 당신 목 안의 요오드같이 5센트 가치에 불과할 수 있다. 그런데 만약 병원에서 의사가 당신 목의 갑상선을 열고 그 조그만 요오드를 꺼내 버리면? 당신은 곧 바보가 되고 만다. 사실, 수중에 돈 몇 푼만 있으면 길거리 약국에서도 요오드를 살 수 있으니 그런 이상한 병원 신세 따위는 지지 않아도 되긴 하다. 고작 몇 푼의 가치밖에 안되는 것을 두고 왈가왈부할 게 뭐 있는가!"

카네기는 우리에게 한 가지를 일깨워준다. 당신이 다른 사람에게 없는 능력이 약간 있다고 해도 뭐 그리 뽐내고 자랑할 만한 것은 아니라는 것, 그저 다른 사람보다 약간 더 운이 있을 뿐이라는 것이다. 계속 이야기한 것처럼 다른 사람과 힘을 합치고 교제할 때에는 좀 온화하고 부드럽게, 자신을 한 톤 낮추는 편이 좋다.

스스로 무지함을 아는 것이
최고의 경지다

"세 사람이 길을 가면 반드시 나에게 스승이 될 만한 사람이 있다三人行, 必有我師." 이 말은 모든 사람에게 각각 당신이 배울 만한 장점이 있다는 뜻이다. 소크라테스가 "아는 것이 많아질수록 스스로 더 무지하다는 것을 알게 된다."라고 말한 것처럼 우리는 아는 것이 많을수록 더 겸손해야 한다.

하루는 공자孔子가 제자들을 데리고 참배 차 노항공魯恒工의 사당祠堂에 들렀을 때 그곳에서 물을 담는 데 쓰는 좀 독특한 모양의 그릇이 눈길을 끌었다. 그 그릇은 기울어진 채 놓여 있었다.

사당을 지키는 사람이 공자에게 다가와 알려 주었다.

"이 그릇은 신기한 그릇입니다. 자리 오른쪽에 놓아두고 자신을 일깨울 때 쓰지요. 좌우명 같은 그릇이랍니다."

"듣자하니 이 그릇은 물을 적당히 담아야만 바로 서고, 모자라거나 넘치면 기울어지거나 넘친다고 들었소만……."

공자는 그렇게 말하면서 고개를 돌려 제자들에게 그릇에 물을 담아 보도록 했다. 제자들은 한 사람씩 천천히 그릇에 물을 부었다. 과연, 물이 어느 정도 채워지자 그릇이 똑바로 서는가 싶더니 정말 신기하게도 물을 조금 더 붓자 다 채워지지도 않은 그릇이 곧바로 엎어져 버렸다. 그리고 물이 다 넘쳐흐르고 나자 그릇은 다시 원래 모양대로 기울어져 버리는 게 아닌가!

공자는 길게 한숨을 내쉬면서 말했다.

"아! 기울어져 엎어지지 않을 사물이 이 세상 어디에 있겠는가!"

이 신기한 그릇에 물을 적당하게 채우지 못하여 기울어지거나 엎어지는 것은 바로 오만방자한 사람이 쉽게 넘어지는 이치와 마찬가지라 할 수 있다. 그러므로 우리는 항상 언행을 겸허하고 신중하게 하되, 절대 오만방자해서는 안 된다.

프랑스 수학자 데카르트는 지식이 해박한, 위대한 학자였다. 하지만 그 역시 소크라테스와 마찬가지로 "많이 배운 사람일수록 자신이 무지하다는 것을 알게 된다."고 말했다.

어느 날 어떤 이가 이 위대한 수학자에게 질문을 했다.

"당신의 학문이 그렇게 깊은데도 자신을 무지하다고 말씀하시니, 지나치게 겸손하신 것이 아닌지요?"

데카르트가 답했다.

"철학자 제논이 말하지 않았습니까? 원을 하나 그려 보세요. 그 원의 안쪽 부분은 이미 자신이 습득한 지식이고, 원의 바깥은 우리가 알지 못하는 끝없이 광대한 세계입니다. 사람마다 원의 크기는 다릅니다. 지식이 많을수록 원은 점점 커지면서 지름도 길어지지요. 이렇게 원의 둘레가 길어지는 만큼 바깥과 접촉하는 부분도 커지는 것이니 지식이 늘어날수록 접하는 미지의 세계가 커지는 것이랍니다."

"오, 듣고 보니 그렇군요. 맞습니다! 정말 딱 떨어지는 설명이에요."

질문했던 사람은 연신 고개를 끄덕이며 그의 고견에 탄복했다.

소크라테스, 데카르트, 제논이 말한 것처럼, 아는 것이 많을수록 자신이 무지하다는 것을 더 깨닫게 된다는 이치를 이제는 이해할 수 있겠는가? 사실 이것은 원래부터 이해하고 못하고를 따질 만한 논제는 아니다. 지식이 많은 사람은 그가 이미 알고 있는 세계에서 계속해서 더 많은 오묘함을 발견하게 된다. 다시 말해 지식을 습득하면 할수록 자신의 무지함을 알게 되는 것이다. 이를 데카르트는 너무나도 구체적으로 비유하여 설명하고 있는 것이다. 하지만 무지한 사람은 어떤가? 자신이 아는 만큼이 세상의 전부라 생각하는데 어찌 자신의 무지함을 깨달을 수나 있겠는가?

이 세계가 수천 년의 문명과 역사를 이어오면서 우리 개개인이 알게 된 지식은 아직도 사막의 모래 한 알과도 같을 만큼 미미하다. 그러므로 절대 자신이 모든 것을 알고 있다고 자신해서는 안 된다. 어리석은 사람만이 그렇게 스스로 으스대고 뻐길 뿐이다.

한 전문가는 "거만한 사람은 자신에게 기대고 고개를 꾸벅 숙여주는 사람이나 좋아하지 고상한 사람과 만나는 것 따위는 싫어한다. 결과적으로 그런 사람들이 자신을 우롱하고 영혼을 나약하게 할 것을 모르고 말이다. 이 어리석은 사람은 마침내 미치광이가 되어 버릴 공산이 크다."고 지적했다.

벼는 익을수록 고개를 숙이는 법이다. 어떤 상황이든지, 자신이 언제나, 무엇이든 다 안다고 생각하지 마라. "나는 아무것도 모르는 사람이고, 모든 사람은 나의 스승이다."

다른 사람의 스승이 되기를
좋아하지 마라

다른 사람에게 스승이 되고 싶은 마음은 아마도 인간의 천성이지 싶다. 그 순진무구한 어린아이들조차 자신을 드러내고 크게 보이고자 하는 욕구가 있다. 이런 행동은 스스로 자신이 얼마나 훌륭한지 표현하느라 무의식적으로 자신은 치켜세우고 다른 이는 낮춘다. 그래서 자칫 다른 사람들에게 반감을 사기 쉽다. 반면, 다른 사람을 스승으로 삼으면 상대방의 우월감과 허영심을 만족시켜주면서 자신은 지식을 쌓고 견문도 넓힐 수 있으니 일석이조다.

나는 아무것도 모르는 사람이고, 모든 사람은 나의 스승이다.

이처럼 사회생활을 해 나가는 과정에서 '스스로 다른 사람의 스승이 되고자 나서는 것'은 확실히 좋은 일이 아니다. 여기서 말하는 '다른 이의 스승이 된다는 것'은 '진정한 스승의 역할을 좋아하는 것'이 아닌 다른 이의 결점을 지적하고 시정하게 하기를 좋아한다는 것이기 때문이다.

실제로 직장생활에서, 자신의 의견은 마구 표명하면서 다른 이의 결점은 보는 족족 지적하는 사람들을 많이 본다. 이런 사람들은 대화를 할 때에도 다른 사람 지적하기를 즐긴다. 예를 들면 교제방식이라든지, 옷과 머리 스타일이라든지, 자녀를 교육하는 방법 등등 한 사람의 모든 면을 총망라한다. 이렇게 다른 사람을 지적하길 즐기는 사람들 중 대다수는 다른 사람의 실수를 보고서 별다른 목적 없이 순수하게 그냥 손놓고 있을 수 없기 때문이다. 또 다른 부류는 좀 다른데, 자신은 다 옳고 다른 사람의 사고방식은 좀 문제가 있다고 생각하며 그저 자기와 자신의 생각을 내세우고 싶어 하는 사람들이다.

두 가지 중 어느 쪽에서 출발했든, 또 당신의 의견이 옳든 그르든 일단 이런 상황에서 당신이 적극적으로 나서기 시작하면 그것은 곧 사회생활에서 절대로 하지 말아야 할 금기를 깨는 꼴이 돼버린다. 바로 각자의 '자아'를 침범한 것이다!

사람들은 누구나 자신의 정신적 지주를 지키고 스스로 자아를 견고하게 하고자 노력한다는 점, 그리고 행동을 통해 자신이 얼마나 강인한 자아를 가졌는지 외부적으로 항상 검증한다는 점을 당신은 반드시 기억해야 한다. 자, 당신이 상대방의 어떤 관점을 이해하지 못하고 실수를 지적했다고 가정해보자. 그는 그의 자아가 당신 때문에 상처를 받았다고 느끼게 된다. 일단 그렇게 되면 그는 나중에 당신이 호의를 보여도 받아들이지 않음은 물론, 당신에게 비우호적인 태도를 취할 수도 있다. 특히나 업무 분야에서 그런 행동을 했다면 당신이 애정을 갖고 베푼 호의가 그에게는 그의 지혜와 능력을 근본적으로 부정하는 것으로 비춰질 것이다. 심지어는 당신이 그의 공로나 혹은 공을 세울 기회를 박탈한다고 생각할 수도 있다. 그런 이유 등으로 상대방은 당신의 지적을 그다지 고맙게 여기지 않는다. 그러므로 '다른 사람의 스승이 되려는 것'은 인간관계를 유지하는 데에 일종의 장벽이 될 가능성이 높다. 그래도 꼭 '스승이 되어야겠다면' 다음과 같은 기본 원칙을 확고히 해라.

첫째, 충고는 '의리'에서 출발한 것이어야 한다. 그래야 상대방도 고맙게 여기며 당신의 의견을 기꺼이 받아들일 것이다. 하지만 받아들이지 않을 가능성 역시 높다는 점을 기억하라. 이것은 개성의 문제이지 어떤 도리나 이치를 끌어들일 만한 문제는 아니다.

둘째, 당신이 상대방에게 큰 비중을 차지하는 존재여야 한다. "지위가 낮으면 그 의견도 가볍게 여겨진다."는 말도 있지 않은가. 상대방이 줄곧 당신을 존경해 왔다면 당신의 의견을 받아들일 가능성이 높다. 그러나 겉으로는 따르되 속으로는 무시할 가능성이 높다는 점도 감안하라. 그러니까 상대방에게 큰 비중을 차지하는 존재가 아니라면 굳이 쓸데없는 일에 뛰어들지 마라.

셋째, 상대방보다 연장자이거나 상사여야 한다. 그러면 도덕적으로나 이해관계를 따져 보았을 때, 상대방은 쉽게 당신의 의견을 받아들일 수 있다. 물론 아닐 수도 있지만.

이쯤에서 결론을 내려 보자. 사람에게는 누구나 다른 사람을 배척하려는 면이 있다. 동시에 잘못된 줄 알면서도 고집스럽게 일을 계속 하려는 상당히 미련한 면도 있다. 그것은 어디까지나 그 사람의 개인적인 선택에 달렸다. 그러므로 다른 사람에게 스승 노릇을 하며 자초하기보다는 다른 사람에게 스승이 되어 달라고 청하여 자신의 발전을 도모하는 편이 낫겠다. 그리고 다른 사람에게 반감을 사는 일은 가능하면 적게 혹은 아예 하지 마라.

기회를 못 만났다는
생각은 버려라

어떤 경우든 '재능은 있는데 기회를 못 만난' 사람이 있기 마련이다. 이런 사람들을 보면, 항상 다른 이를 비난하거나 때로는 마음먹은 대로 일이 되지 않아 우울하다고 넋두리를 늘어놓는다. 운이 나쁘면 그에게 한바탕 아주 가혹하고 매정한 비난을 받을지도 모른다. 물론 그중에는 정말로 아직 때를 못 만난 사람도 있을 수 있다. 객관적으로 드러나는 외부 환경에 어울리지 못하는 경우가 그렇다. 예를 들면, "호랑이도 평지에 서면 개에게 물리고, 용도 좁면 얕은 물에서 새우에게 당한다."는 말이 있지 않은가. '생계'라는, 그들에게 닥친 어쩔 수 없는 상황 때문에 자기 주장을 굽혀야 할 때는 정말 안쓰러울 만큼 한없이 고통스러워한다.

그리고 또 다른 '때를 못 만났다'는 사람들을 살펴보면, 자신을 과대평가하는 범재凡才가 많다. 그러나 그들이 중용되지 못한 이유는 다른 사람의 시기 때문이 아니라 실제로 자신이 너무 평범하고 무능하기 때문이다. 유감스럽게도 그들은 이런 사실을 인식하지 못한다. 그래서 항상 다른 사람들이 자신을 마음에 들어 하지 않아 발탁되지 않았다며 곳곳에 불평 불만을 늘어놓고 고통을 호소한다.

정말 유능한 인재든 아니든 어쨌든 간에 '재능은 있는데 때를 못 만났다'고 '생각'하는 사람들은 모두 거기서 거기다. 이야기를 들어 보면 동료, 책임자, 사장 등 다른 사람의 비난 일색이다. 만약 당신이 그런 이야기를 별 반박하지 않고 쭉 듣고만 있으면 그는 또 자신이 얼마나 능력이 있는지 스스로 추켜세우기에 바쁠 것이다. 이런 상황을 겪고 나면 당신도 결국 고개를 끄덕이면서 이런 부류의 사람들과는 절대 어긋나면 안 되겠구나 하는 생각이 들 터이다. 그렇지 않다가는 당신도 그 비난의 대열에 끼일 테니까 말이다.

그러면 이런 사람들은 결국 어떻게 될까? '때를 못 만났다' 고 생각할수록 자신을 작은 원 안에 가두는 것이 된다. 그 자신도 다른 사람들 무리에 끼지 못하고, 다른 이들도 화를 자초할까봐 그와 만나길 꺼린다. 그러면 결과는 뻔하다. 심하면 사람들에게 '괴물' 취급까지 당하면서 따돌림을 받지 않겠는가. 이렇게 일단 당신에 대해 좋지 않은 평가가 퍼지고 나면 정말 수습하기 힘들어진다. 운 좋게도 인재를 아끼고 사리에 밝은 상사를 만나고 그가 최선을 다해 당신을 이끌어 주지 않는 한, 영원히 곤경에서 헤어날 수 없음은 자명한 일이다.

살다 보면 당신이 얼마만큼 재능이 있는지에 상관없이 능력을 발휘하고 싶어도 제대로 발휘할 수 없을 때가 오기 마련이다. 그럴 때에는 부디 다른 사람 앞에서 '나는 재능이 넘치는데 다만 때를 못 만났다'고 드러내지 말고, 나중이 있음을 기억하고 자중하라. 당신이 흥분을 가라앉히지 못할수록 다른 사람들은 당신을 더 가볍게 여긴다. 물론 성격이 급한 사람

중에는 그러다가 한평생 '때를 못 만나면' 어쩌느냐고 따질 수도 있을 테지만 그런 걱정은 할 필요 없다. 조급하면 될 일도 안 된다는 것을 명심하도록 한다. 부디 마음을 차분하게 하고, 상황은 앞으로 계속 바뀔 것이라 믿으면서 다음 몇 가지를 시도해보라.

우선, 자신의 능력을 스스로 평가해본다. 자신을 너무 높이 평가하지는 않았는지 살펴보라. 만약 스스로 자신을 객관적으로 평가하기 어렵다면 친구나 친한 동료를 찾아 부탁해도 좋다. 그리고 다른 사람의 평가가 나 자신이 한 것보다 낮게 나오더라도 겸허히 받아들이도록 한다.

둘째, 자신의 능력을 제대로 발휘하지 못하는 진짜 원인이 무엇인지 분석하라. 딱 맞아떨어지는 기회를 찾지 못한 일시적인 문제인지 아니면 전체적인 상황에 따른 제약 때문인지, 그것도 아니라면 다른 인위적인 장애물이 있는지. 분석한 결과, 기회의 문제라면 좀 더 기다려 볼 수밖에 없을 테고, 전체적인 상황이 원인이라면 현재의 상황을 바꾸고 더 발전할 수 있는 기회를 찾아볼 수 있다. 그리고 마지막의 인위적인 원인 때문이라면 다른 사람들과 더 진실하게 의사소통해야 한다. 동시에 내가 미움을 산 사람은 없는지 생각해 봐야 한다. 그런 사람이 있다면 한시라도 빨리 그 사람과 화해하고 의사소통할 방법을 찾아야 한다. 만약 당신이 자기 주장을 잘 굽히지 않고 양보하지 않는 사람이라면 이야기가 달라지겠지만 말이다.

셋째, 당신의 특기를 보여 주어라. 단, 당신의 특기를 말하라는 것이지 당신의 기분을 드러내라는 것이 아니다.

넷째, 더 융통성 있고 조화로운 인간관계를 엮어라. 다른 사람이 싫어하는 사람이 되어서는 안 된다. 당신의 재능을 동료들이 수월하게 일할 수 있도록 돕는 데 발휘하라. 단, 다른 이를 도와주고서 그것을 당신의 공으로 돌려 버리면 헛일한 셈이라는 점을 명심해야 한다. 도움을 받고 고마워하던 동료들은 당신의 마지막 행동에 도리어 공을 빼앗겼다고 생각할 수 있다. 그런 행동은 다 된 밥에 코 빠뜨리는 것과 같다.

다섯째, 겸손하고 예의 바르게 행동하고 좋은 인연을 많이 만들어라. 앞으로 당신에게 상상도 못한 수확을 안겨줄 것이다.

그럼 한마디로 요약해 보자. '재능은 있는데 때를 못 만났다'는 생각? 이제는 버려야 한다. 이런 생각은 당신의 사고에 짐만 될 뿐이다. 자신의 일을 신중하게 하는 것, 큰 인재지만 작은 일도 꼼꼼히 해내는 것, 이 모두 역시 즐거운 일이다.

하늘조차 스스로는 높다 하지 않으며
땅도 스스로가 두껍다 하지 않는다.

때로는 인연이 기회가 된다

다른 사람과 관계를 맺을 때 서로 의견이 잘 맞고 별다른 말을 하지 않아도 제대로 의사소통이 되었다면, 그래서 다른 사람에게 신뢰와 도움을 받았다면, 현재 자신의 사업과 성공뿐 아니라 앞으로 공적을 세우는 데에도 무척 도움이 된다.

업무 중에 맺게 되는 인간관계는 일반적으로 상호의존적일 때가 많다. 모두들 함께 해야 하는 일을 하기 때문에 서로 돕지 않고서는 일을 완수하기가 어렵기 때문이다. 그런데 이 협력에는 분위기의 조화와 일치 혹은 감정상 묵계와 상호 용납이 요구된다. 분위기가 뒤틀려 긴장 상태이거나 감정적으로 적의가 가득해서야 어디 서로 도와 일을 완성할 수 있겠는가.

각기 다른 생활환경은 사람들에게 각기 다른 성격과 생활 습관을 만들어냈다. 그래서 누구나 하는 일이지만 다른 사람과 서로 협조할 수 없는 경우도 생긴다. 하지만 다들 알고 있듯이 어떤 사업이든 성공을 위해서는 한 사람의 역량만으로는 부족하다. 그리고 어느 집단에서든지 자신이 실패 요소가 돼버려 다른 사람들에게 미움을 사고 또 부족한 부분을 메우려고 '고군분투'하길 원하는 사람도 없다. 그런데 이와 달리 교양 있고 공동체 의식이 강한 사람이라면 누구나 자신의 감정과 언어, 올바른 행동거지와 태도로 다른 사람을 끌어들이거나 도울 수 있기를 바란다. 그리고 더 조화로운 인간관계를 만들고 싶어 한다.

다른 사람에게 선의를 베풀고, 다른 사람을 존경하고 자신을 낮추는 것이야말로 동료와 잘 지내기 위한 기본 원칙이다. 그러자면 먼저 나부터 긍정적으로 나서서 사람들을 대하고, 겸손한 태도로 동료에게 다가서서 그와 사귀고 싶다는 마음을 표현해야 한다. 그렇지 않으면 다른 사람은 당신이 혼자이기를 바란다고 판단하고서 오히려 방해하지 않으려 애쓸 것이다. 또한 혼자 잘났다며 으스대고 자신이 다른 사람들보다 한 수 위라는 생각을 해서는 안 된다. 이런 불평등한 태도로는 영원히 우정을 키울 수 없다는 사실을 직시해야 한다. 그리고 바른 행동거지도 아주 중요하다. 동료들과 대화를 나눌 때에는 상대방이 흥미로워하는 주제를 택해 서로 말이 통한다는 즐거운 느낌을 주어야 한다. 일단 당신과 이야기하는 데서 즐거움을 느껴야 동료들은 비로소 당신과 더 친밀해지고 싶어 할 것이다.

누구나 모든 일에 완벽하기란 힘들고 또한 만사가 자기 뜻대로 순조롭게 진행되지도 않는다. 그러니 주변에 너그러워지도록 노력하자. 이를테면 동료의 장점을 찾아보고, 주위 사람들이 다들 도리를 아는 훌륭한 사람이라고 생각해보는 것이다. 그러면 동료들과 잘 어울리기가 훨씬 수월할 것이다. 살다 보면, 누구든지 일이 마음대로 되지 않을 때가 있는데 아이러니하게도 바로 이럴 때야말로 당신이 교양을 갖춘 사람이라는 것을 보여주기에 아주 적절하다. 평소에도 그래야겠지만 이렇게 어려운 상황에 부딪치면 늘 그랬듯이 자신의 기분과 행동을 잘 조절해야 한다. 그러면 사람들은 당신의 상황이 여의치 않더라도 이해해주고 보듬어 줄 것이다.

이렇게 동료와 좋은 사이로 지내는가는 주로 자기 자신에게 달려 있다. 미국에서 출판된 《성공의 좌우명》이라는 책을 보면, 한 대학의 연구 결과로 '정직하게 사람을 대하는 태도는 상대방에게서 우호적인 반응을 이끌어낼 확률이 60~90%에 달한다.'는 내용이 소개되었다. 연구 책임자였던 헨리 박사는 "사랑은 또 다른 사랑을 낳고, 미움은 또 다른 미움을 낳는다. 이 말은 거의 틀림없다."고 말했다.

기왕 인연이 있어 동료가 되었다면 서로 잘 지내고 함께 힘을 합쳐야 한다. 누구나 직장생활을 하면서 혹은 일상에서 어려움과 좌절을 겪을 수 있다. 만약에 동료가 어려움에 처하면 그에게 따스하게 손을 내밀어 보자. 아주 작은 도움이었다 할지라도 그가 나의 진심을 느꼈다면 나는 분명히 '좋은 행동'을 한 것이다. '좋은 행동'을 계속 하다보면 나중에 내가 어려움에 빠졌을 때 다른 사람도 나에게 선뜻 따스한 손길을 내밀 것이다.

입사 동기인 이겸李謙과 장원張遠은 둘 다 업무 능력이 탁월해서 상사가 어떤 임무를 누구에게 맡기든 두 사람 모두 훌륭하게 처리해냈다. 이 덕분에 두 사람은 자주 상사에게 칭찬을 받았다. 하지만 두 사람의 동료 관계는 조금 달랐다. 이겸은 능력도 탁월하지만 사람됨이 겸손해서 모두와 두루 잘 어울렸다. 사람들은 이겸을 좋아해 무슨 일이 생기면 그에게 도움을 요청했고 그럴 때마다 그도 기꺼이 동료들을 도와주었다. 반면, 장원은 개성이 강하고 동료들 앞에서 좀 '거드름을 피우는' 스타일이었다. 그러다 보니 동료들은 자의 반 타의 반으로 그를 멀리하며 무슨 일이 생겨도 그에게만큼은 도와 달라고 청하지 않았다.

장원도 그 사실을 알았지만 굳이 자신을 바꾸고 싶지는 않았다. 동료들이 아무리 자신을 소 닭 보듯 해도 '상사'라는 든든한 뒷받침이 있으니 그런 것쯤 아무래도 상관없다고 생각했다. 장원은 줄곧 자신의 개성대로 일을 진행했고 다른 사람들에게 크게 영향을 받는 일도 없어서 솔직히 지금 이대로도 썩 괜찮았다. 그런데 이러한 그의 내면에는 이겸을 좀 무시하는 마음이 있었다. 그의 눈에는 이겸의 겸손한 태도가 다소 가식적이고 부자연스럽게 보였다. 물론 그런 생각을 입 밖으로 꺼내진 않았지만 어떤 행동을 하든지 그것은 이겸의 일이니까 자신은 간섭하지 말아야 한다고 생각할 뿐이었다. 이런 모습을 보면, 비록 겉으로 드러내지 않는 점이 아쉽긴 하지만 어쨌든 장원도 사람을 있는 그대로 받아들이는 도량이 충분히 있는 사람이라는 것을 알 수 있다.

장원이 여느 때와 같이 자신의 생각대로 일을 추진하던 중, 하루는 상사가 장원과 이겸 두 사람 중 한 명을 홍보부서 책임자로 임명하겠다는 놀라운 소식을 전해 주었다. 그리고 이번에는 임원들이 결정하지 않고 여론에 맡기겠다는 방침도 함께! 장원은 드디어 '기회가 왔다'고 생각했다. 자신은 이 일을 좋아할 뿐 아니라 평소에도 신문이나 잡지에 자주 글을 발표하며 글솜씨를 뽐내 왔고, 업무 성과로 봐도 자신이 승진하는 것이 옳았다. 또 자신이라면 상사의 기대를 저버리는 일 따원 절대 없을 거라고 장담하던 그였다. 하지만 이번에는 상사가 아니라 여론의 결정에 따른다는 말에 장원은 좀 불안해졌다. 자신은 인간관계에 약한 터라 절대 이겸의 상대가 될 수 없다는 걸 그도 잘 알았다. 게다가 홍보 일이라면 이겸 또한 능력이 뛰어났다. 장원은 자신이 열세라는 것을 잘 알았지만 또 그렇다고 경쟁해 보지도 않고 쉽게 포기할 수는 없었다.

하지만 결과는 역시 그의 예상을 빗나가지 않았다. 이겸은 동료들의 '몰표'를 얻고 당당하게 홍보부서 책임자 자리에 올랐다. 사실 그 자리를 장원이 맡았더라면 업무 성과는 예전보다 더 좋았을지도 모르지만 말이다. 이렇게 두 사람의 각기 다른 교제 원칙과 처세 태도는 결국 똑같은 기회를 엄청난 차이가 나는 결과로 만들었다. 곱씹어 볼 만한 교훈이다.

때로는 기회도 인연으로 만들어진다는 것이니, 좋은 기회만 찾아 헤매지 말고 평소부터 좋은 인연을 만들어 나가는 것이 훨씬 낫지 않겠는가?

신분은 언제든 변할 수 있다

영국의 빅토리아 여왕은 남편 앨버트 공과 금실이 무척 좋았다. 빅토리아 여왕은 하루 종일 공무로 바빴고 사교 모임에도 자주 참석해야 했는데 앨버트 공은 정치와 사교 활동에는 그다지 관심이 없어서 이 문제 때문에 가끔 두 사람 사이가 틀어지기도 했다. 언젠가 빅토리아 여왕이 혼자 사교 모임에 참석했을 때였다. 여왕은 밤늦게야 겨우 침실로 돌아왔는데 방문이 굳게 닫혀 들어갈 수가 없었다. 여왕이 문을 두드리자 방문 너머에서 앨버트 공이 물었다.

"누구시오?"

여왕이 대답했다.

"저 여왕입니다."

문이 열리지 않자 여왕은 다시 문을 두드렸다. 안에서 앨
버트 공이 또 물었다.

"누구십니까?"

여왕이 다시 대답했다.

"빅토리아입니다."

하지만 문은 여전히 굳게 닫힌 채 열리지 않았다. 여왕은
잠시 문 앞을 배회하다 다시 문을 두드렸다. 안에서 앨버트 공
이 다시 한 번 물었다.

"누구냐고 묻잖소."

여왕은 부드러운 목소리로 답했다.

"당신의 아내예요."

그러자 문이 열렸고, 남편 앨버트는 따뜻하게 손을 내밀어
아내를 맞이했다.

앨버트 공은 처음부터 문을 두드리는 사람이 자신의 아내

라는 것을 알았다. 그렇다면 어째서 여왕이 두 번이나 문을 두드리고 대답을 할 때까지 가만히 있다가 세 번째 대답을 듣고서야 문을 열어준 것일까? 그것도 애정 어린 손길까지 더해서. 이는 여왕이 환경과 상대에 맞게 마음을 조절하지 못해 그녀의 말과 역할이 심각하게 충돌한 것을 감지했기 때문이다.

처음에 여왕은 문 앞에서 "여왕입니다."라고 대답했다. 이런 호칭은 자신의 존엄을 유지하고 싶을 때나 사용하는 것이다. 이런 태도는 쌍방이 군신관계일 때는 적절하지만 그때는 침실 앞이었고 상대는 남편이었으므로 다분히 고압적으로 보일 수 있었다. 또한 남편 앨버트 공의 입장에서는 자신의 자존심을 건드린 대답이었으므로 문을 열어주지 않은 것이다.

두 번째 여왕이 했던 대답은 '빅토리아'였다. 이는 첫 번째 대답보다는 다소 말투에 변화가 생겼지만 여기서 '빅토리아'라는 호칭은 아무런 감정 없는 중성적인 느낌이다. 그저 고유명사에 불과해 아내 역할로서 감정적 색채가 드러나지 않는 대답인 것이다. 따라서 남편의 따뜻한 마음을 불러일으키지 못했고 이번에도 문을 여는 데 실패했다.

세 번째 그녀의 대답은 '당신의 아내'였다. 이때는 '아내'로서 역할 의식이 드러났고 아내가 가진 특유의 부드러움과 진한 감정적 색채가 제대로 전달되었다. 마음가짐이 구체적 상황과 대상에 잘 적응되었고, 서로 역할이 명확히 정리되어 앨버트의 마음을 충분히 만족시켰다. 그리고 두 번의 실수 때문에 불쾌했던 기분까지 싹 날려 버릴 수 있었다. 여왕의 그 대답은 방문뿐 아니라 앨버트 공의 마음의 문도 활짝 열어주는 큰 효과를 불러일으켰다.

우리는 특정 상황과 시간 안에서 그에 맞는 일정한 역할을 늘 수행한다. 사람들과 만나고 이야기를 하면서 말하는 사람과 듣는 사람 쌍방의 역할을 두루 하는 것이다. 이때 사람들은 당신이 상황과 역할에 맞는 말을 하기를 바란다. '그 사람 오늘 한 말은 좀 체통 떨어지더라.'라는 소리를 종종 들을 수 있는데 이는 상대방에게 기대하던 역할과 잘 맞지 않는다는 점을 말하고 싶은 것이다. 이런 상황에서 좋은 효과를 기대하기는 어렵다.

그렇지만 이런 역할이 고정 불변하는 것은 아니다. 상황과 교제 대상이 변함에 따라 역할 역시 바뀔 수 있다. 구소련의 한 사회심리학자는 "실제로 한 사람이 맡는 사회적 역할은 하나에 그치지 않고 여러 개에 이른다. 회계사이면서 아버지, 노조원, 축구팀 선수일 수 있다. 그중에는 태어나면서부터 이미 정해진 역할도 있고예를 들면 남자나 여자 같은 생활해 나가면서 얻는 역할도 있다."고 말했다.

한 대상이 표현하는 역할은 다른 환경에서 때로 다른 역할로 바뀔 수 있다. 관계 역시 변한다. 이런 변화는 대화에서 자주 드러나므로 자칫 말을 잘못 하면 자신의 여러 역할 간에 착오가 생긴다. 빅토리아 여왕 역시 마찬가지이다. 궁전에서는 여왕이지만 침실로 돌아가면 아내이다. 그녀의 말투 역시 역할이 바뀌면서 함께 바꾸었어야 하는 것이다. 그렇지 못하면 바로 상대방에게 오해를 사고 불쾌감을 줄 수 있으며 심지어는 자신을 인정받지 못할 수도 있다.

주의하자! 말투는 끊임없이 바뀌는 역할에 맞추어 반드시 바꾸어야 한다. 옛말에 "자신이 서울 땅에 처했으면 황가의 유풍을 감수하고, 발이 이역 땅을 디디면 즐거이 나그네가 되어야 한다."는 말도 있듯이 사람의 일생 역시 그러하다. 우리는 역할이 바뀌는 순간순간마다 기꺼이 그 마음과 말투를 확실하게 바꿀 수 있어야 한다. 높은 자리에 있을 때에는 스스로 만족하고 그 마음을 온화하게 다스릴 줄 알아야 하며 낮은 자리에 있을 때에는 다른 사람을 높이 대해줄 줄 알아야 하고 다른 사람의 아름다움을 인정해 줄 수 있어야 한다. 그렇게 하면 자신 역시 다른 사람들에게서 보살핌과 정성스런 대접, 감사함을 받을 수 있다.

입장을 바꿔놓고 생각해봐야 비로소 상대방의 마음을
헤아려볼 수 있는 법이다.

When I s
Modest
Succeeds

PART

6

재능을 감추고
때를 기다려라

자신의 목표를 절대 드러내지 말고, 속마음도 경솔하게 내비치지 마라. 다른 사람 앞에서는 절대로 자신이 가진 재주를 자랑하지 마라. 인생은 한바탕 전투와도 같으니, 자신을 숨기고 매복하는 법을 배워야 한다. 자신을 방어하는 법을 배워야 비로소 공격하고 기다리는 시기를 알 수 있다. 자신을 낮추는 태도는 거기에 더하여 자신의 본색을 더 완벽하게 하고 위험할 때 숨겨 주는 방법이다.

지는 것이 이기는 것보다
나을 때가 있다

우리가 살아가는 사회는 경쟁이 끊이지 않는다. 그리고 사람들은 경쟁에서 자신이 매번 최후의 승자가 되기를 바란다. 그러나 일생 동안 무수히도 많이 겪을 경쟁에서 다 이기려고만 한다면 절대 최선의 처세전술이라 할 수 없다. 때로는 적당히 빈틈을 보여 주고 몇 번 실패했다는 점도 은근슬쩍 티를 내라. 또한 상대방에게 몇 번 '당신이 이겼다'고 뽐낼 기회를 주는 행동이 결과적으로 자신에게 더 많은 이점을 가져다 줄 것이다.

승리를 추구하는 것은 바로 그 사람이 발전해 간다는 것을 말해 준다. 하지만 사회생활을 하다 보면 때로 '승리하려는 것'이 오히려 '실패'의 전주곡이 되는 경우도 있다.

한 영화의 줄거리를 예로 들어 설명하자면 대충 이렇다.

어떤 사건을 해결해야 하는 남자 주인공이 폭력 조직에 들어가 그 힘을 이용해 보고자 했다. 조직에 들어갈 방법을 강구하다가 남지는 조직의 '고수'를 세 명 이겨야 받아들여 준다는 그들의 규칙을 알게 되었다. 남자는 다행히도 '고수' 두 명을 연이어 성공적으로 '평정' 했다. 이제 마지막으로 조직의 보스와 맞설 차례였다. 치열한 결투를 몇 차례나 치룬 끝에 남자는 머리를 숙이고 패배를 인정했다. 그러나 남자의 대단한 무술 실력을 아는 여자 주인공은 남자를 도저히 이해할 수 없었다. 남자는 그녀에게 말했다. "내가 그 보스에게 이겼다면 나는 그를 대신해서 새 보스 자리에 앉았을 거요." 하지만 남자가 본래 원했던 것은 보스가 아니었고, 그렇게 되면 사건 규명에 도움이 될 리도 없었다. 게다가 남자가 보스를 이길 거라고 누가 보장하겠는가! 솔직히 보스가 되면 부하들의 마음을 얻기 위해 또 다시 많은 시간을 들여야 할 테니 그런 상황은 사건 해결에 전혀 도움이 되지 않았다. 그래서 그는 일부러 패배하는 쪽을 선택했고 이 행동은 결과적으로 조직의 '아우들' 앞에서 보스의 체면을 세워 주었다. 그리고 자신이 차지한 2인자 자리는 충분히 권력의 핵심에 다가설 수 있기 때문에 번거로운 일 없이 오히려 해결할 사건의 경위를 더 쉽고 빠르게 파악할 수 있었다.

비록 영화이긴 하지만 이 줄거리는 우리 사회의 법칙과 거의 흡사하다. 바로 '당신의 승리는 또 다른 자의 패배'라는 점이다. 패배한 사람은 그 심리가 아주 복잡하다. 겉으로는 깨끗하게 패배를 인정하는 것 같지만 속으로는 복수의 칼날을 갈 수도 있다. 물론 한 번 패배한 상대방이 재기를 다짐하며 다시 정정당당하게 대결하자고 해도 당신이 크게 손해 볼 것은 없다. 하지만 이 두 번째 대결이 중요하다. 속으로 약이 잔뜩 오른 상대방이 '흥, 이번만큼은 지지 않겠어!'라며 비열한 방법으로 당신의 등에 비수를 꽂을지도 모르니까 말이다. 승리 역시 그렇다. 당신은 앞으로 인간관계에서 승리하는 대가로 생기는 많은 변화에 부담을 떠안게 될지도 모른다.

이렇듯 사회생활을 하면서 매번 이기려고만 하는 것은 어리석기 짝이 없는 행동이다. 물론 그렇다고 매번 져 주라는 소리는 아니다. 그저 이기고 지는 것을 잘 생각해 봐야 한다는 의미다.

이번 '승리'가 가지는 의미는 무엇이고, 이번에 '승리'하기 위해서 당신은 어떤 대가를 치를 준비가 되었나? 또한 상대방을 패배시키면 어떤 인적 효과를 기대할 수 있으며 '패배'와 승리' 중 어떤 쪽 가치가 더 큰가를 생각하라.

이겨야겠다면 앞에서 말한 것을 잘 생각해보고, 이기고 나서 생길 수 있는 갖가지 부작용들도 떠안을 준비를 한 다음에 이겨야 한다. 만일 이것저것 따져 보았더니 꼭 승리할 필요가 없다면 기꺼이 져 줘라. 그런데 사실 져 주는 데에도 기교가 필요하다. 싸우지도 않고 지면 상대방은 되레 어딘가 불만스럽고 당신의 의도를 의심하게 되어 오히려 상황이 더 불리해진다. 져야겠다면 반드시 '목숨 걸고 싸우는 척'을 해주고서 다시 '처참히 패한 척'해야 한다. 그렇지 않으면 상대방은 자신의 승리가 그다지 의롭거나 빛나지 않는다고 생각하고 심지어 '져 줘서 이기게 된 것'이라는 굴욕감을 느낄 수도 있다. 이런 '패배'는 좋은 효과를 거두기 힘들다. 참, 제대로 패하기도 어려운 세상이다!

기억하자. 상황에 따라 다르지만 일부러 져 주면 다른 이점도 따라온다. 그것은 바로 자신의 실력을 감출 수 있다는 점이다. 당신이 얼마만큼 내공을 갖추었는지 상대방이 전혀 알 수 없다는 점은 당신이 나중에 승리를 노릴 때 가장 좋은 밑천이 되어 줄 것이다. 작은 것은 져 주고 큰 것은 승리를 꾀하는 전술을 이용하라.

저자세는 나를 보호하는
최적의 방법이다

사회활동에서 이른바 '저자세'란 온화함, 겸손함, 양보와 인내 등 언행과 마음가짐을 말한다. 나 자신과 기득권을 보호하고 더 손해 보지 않으려면 이런 저자세는 때로 아주 필요하다.

진시황秦始皇의 병마용兵馬俑 박물관에는 '박물관의 보물'이라 불리는 궤사용跪射俑 : 앉은 자세로 활을 쏘는 병사를 형상화한 토우土偶-옮긴이이 있다. 관람객들은 대부분 궤사용 앞에 멈춰 서서 그의 자세와 우화적 의의에 감탄을 금치 못한다. 박물관 가이드는 궤사용이야말로 병마용의 백미이자 중국 고대 소조 예술의

걸작이라고 칭찬을 늘어놓는다.

그럼 궤사용을 자세히 한번 살펴보기로 하자.

우선 장식을 보면, 궤사용은 옷깃과 옷섶이 가지런한 긴 옷에다 검은색 갑옷을 걸쳤고 정강이에 보호대를 했다. 그리고 발에는 앞코가 뾰족하게 들린 신발을 신고, 머리는 둥글게 상투를 말아 올렸다. 왼쪽 다리는 직각으로 굽혀 세우고, 오른쪽 무릎은 땅에 꿇으면서 발끝을 땅에 디뎌 세웠다. 상체를 왼쪽으로 약간 기울여 반짝이고 기백이 넘치는 두 눈으로 왼쪽 앞을 뚫어져라 응시한다. 양손은 오른쪽에 두어, 한 손은 위로 한 손은 아래로 하고서 활을 당기는 자세를 취하고 있다. 무릎을 꿇고 활을 쏘는 자세 즉, '무릎좌 자세'는 예로부터 '앉은 자세'로 불린다고 한다. 활을 쏠 때는 앉은 자세와 선 자세가 기본 동작인데, 앉은 자세로 활을 쏘게 되면 무게중심이 안정적으로 잡혀 힘을 아끼면서도 조준이 편하다. 이는 목표가 작을 때 또는 방어하거나 매복할 때 이상적인 사격 자세이다. 지금까지 병마용 갱坑에서 출토되어 정리 작업을 마친 토우들만 해도 천 점이 넘는다. 출토된 토우들은 훼손 정도는 다르지만 모두 수작업으로 수리·복구해야 한다. 그런데 이 궤사용만은 인공적인 복구 작업을 거치지 않은 가장 완벽하고도 유일한 병마용이라고 한다. 자세히 들여다보면 옷 주름, 머릿결까지 눈으로 확인할 수 있을 정도이다.

그렇다면 궤사용은 어떻게 이토록 완벽하게 보존될 수 있었을까? 가이드의 말을 들어 보면 모두 그의 '낮은 자세' 덕분이라고 한다. 우선, 궤사용의 신장은 120cm에 지나지 않는다. 반면 선 자세를 한 병마용의 평균 신장은 180~197cm에 이른다. 하늘이 무너지면 키 큰 사람이 떠받치는 법! 병마용 갱은 전부 지하 갱도식坑道式 토목 구조 건축물이다. 지붕이 내려앉아 토목이 모두 무너지면 선 자세를 한 키가 큰 병마용이 가장 먼저 훼손당하고, 낮은 자세의 궤사용은 상대적으로 충격을 덜 받게 되는 것이다. 둘째, 궤사용은 무릎 꿇은 자세이다. 때문에 오른쪽 무릎, 오른발과 왼발 등 세 개의 지탱점이 허리와 연결되어 삼각형 구도를 이루며 상체를 떠받치게 된다. 이렇게 하면 무게중심이 아래에 있기 때문에 안정성이 높다는 장점이 있다. 그래서 서 있는 자세의 병마용과 비교해 보면 궤사용은 잘 기울어지거나 부서지지 않는다. 이런 특징 덕분에 2천여 년 동안 세월의 풍파를 겪고서도 궤사용이 여전히 완벽하게 우리 앞에 서 있을 수 있는 것이다.

우리는 궤사용의 자세에서 처세를 생각해 볼 수 있다. 사회에 갓 발을 디딘 젊은이들은 아직은 사회의 따끔함을 잘 모른 채 종종 자신의 개성을 있는 그대로 드러내 보이며 경솔하게 행동한다. 그런 반면 일을 성사시키기 위해 싫어도 꾹 참고 자신을 굽히는 일은 잘 못한다. 그러다가 결국 도처에서 난관에 봉착하게 된다. 물론 나중에는 사회에 발을 담근 지 오래될수록 일의 경중輕重과 본말本末을 깨달으면서 내공이 쌓이고, 쓸데없이 나서는 일과 고집 피우는 일이 줄어든다. 그러면 일에만 몰두할 수 있으니 목표에 더 빠르게 다가갈 수 있을 것이다. 이쯤에서 여러분의 미래를 위해 제안을 하나 하려 한다. 병마용의 궤사용처럼 생동감 있는 저자세를 유지하며 무의미한 분쟁과 뜻하지 않은 상처를 피하라. 그리고 자신을 계속해서 더 발전시켜 나가라.

노자가 말했다. "단단한 치아는 빠져도 부드러운 혀는 여전히 남는다."고. 부드러움이 강인함을 이기고, 무위無爲 : 자연에 맡겨 작위를 가하지 않는 도가의 처세 태도나 정치사상-옮긴이가 작위적인 것을 이긴다. 상황에 맞게 적당히 저자세를 취하는 것은 무기력하거나 위축되는 것이 아니라 현명한 처세의 이치이며 인생의 큰 지혜이자 또 다른 경지라는 것을 알아야 한다.

모든 덕이 하늘에 오르는 사다리인데 겸손이 그 첫 번째 계단이다.
이 첫째 계단에 오르면 그 다음에는 위로 올라가기 쉽다.

드러나는 총명보다
감춰둔 지혜가 가치 있다

수수께끼는 두뇌 게임이다. 수수께끼를 내면서 힌트까지
같이 줘 버리면 금방 시시해지고, 동시에 수수께끼를 내는 의
의도 사라진다. 우리 일상에도 수수께끼와 일맥상통하는 것
이 있다. 바로 '사람'에 관련되는 것이다. 어떤 사람이 사람들
과 관계하면서 시도 때도 없이 자신의 잔재주를 드러내려 애
쓰는 상황이 지속되면 이는 수수께끼를 내고서 계속해서 '힌
트'를 주는 것과 같다. 이래서는 자신이 한 걸음에 얼마나 멀
리 갈 수 있는지 모든 사람들이 다 알게 돼 버린다. 자신의 숨

은 저력까지 상대방에게 들키게 된 그를 과연 현명한 사람이라고 할 수 있을까?

유명한 소설《홍루몽 紅樓夢》에 보면, 가賈 씨 가문의 상인방 上引枋 : 창이나 문틀 윗부분 벽의 하중을 받쳐주는 부재-옮긴이에는 다음과 같은 대련對聯이 하나 붙어 있다. "세상사를 잘 아는 것은 모두 학문이고, 인정에 밝은 것이 곧 문장이다." 물론 이 봉건적인 가문이 추앙했던 것은 상류 사회의 세도世道와 인정人情이었으므로 이를 교훈으로 삼기에는 다소 부족한 것도 사실이다. 하지만 그 요점을 잘 들여다 보면 '세상사를 잘 알고, 인정에 밝은 것' 모두 오늘날을 살아가는 우리에게도 꼭 필요하다.

사회는 거대하고 복잡한 인간관계의 네트워크이다. 이 사회에서 살아남고 싶다면 당신은 복잡다단한 환경에서 자신을 보호하는 법을 배워야 한다. 예를 들면, 인간관계 속에서 자신의 속마음을 더 드러내는 한편, 뾰족한 모서리는 좀 더 줄여나가야 한다. 그리고 다른 사람에 대한 경계를 허물고 화해할 수 있어야 한다. 세상 이치에 밝고, 숙련된 기지를 발휘하는 것은 절대 간사한 일이 아니다. 마치 공수도空手道 : 신체 각 부위만을 이용하여 상대방의 공격을 방어하는 동시에 상대방을 제압하는 무술-옮긴이 처럼 일종의 '생존의 지혜'인 셈이다. 그렇게 해서라도 우리는 모든 일을 척척 해낼 수 있어야 한다.

하지만 이 '경계를 허물고 화해로 나아가는 무공상無空想의 심리 상태에 이르는 일'이란 것은 누구에게나 두루 통하거나 이해타산을 가지고 장난을 치거나 혹은 잔꾀를 부리는 것처럼 쉬운 일이 아니다. 여기서 '총명하다'는 말을 한번 새겨봄 직하다. 그 속에는 '머리가 좋다, 반응이 빠르다, 생각이 민첩하다'는 뜻이 포함된 동시에 '점잖지 못하다, 경솔하다, 드러내기 좋아한다'는 뜻도 있다. 성인들 사이에서 총명하다는 말은 종종 좋은 뜻이 아닌 경우가 많다.

'가장 지혜로운 사람이 진정 능력 있는 사람'이라는 뜻에서 노자는 "현자는 우자처럼 보이고 달변가는 입이 무겁다."고 말하기도 했다. 재능과 학식을 갖춘 사람들은 평소 바보처럼 굴면서 스스로 총명하다고 자랑하지 않는다는 말이다. 그리고 달변가는 청산유수와 같은 말솜씨를 지녔지만 겉으로는 드러내지 않은 채 눌변이다. 막 사회에 발을 디딘 사람, 이미 높은 지위에 오른 관리, 큰일을 하는 사람, 일반적인 인간관계를 맺는 사람 등에 관계없이 모두 자신의 예기銳氣와 재주를 다 드러내 보여서는 안 된다. 물론 재능이 있다면 좋은 일이다. 하지만 남에게 시기나 모함을 당하지 않으려면 혹은 그것까지는 불가능하더라도 적어도 좀 덜 당하려면 그 재능을 적당한 시기에 쓸 줄 아는 것이 중요하다. 그래야 공을 세우고도 남에게 뺏기는 일을 막을 수 있다. 그럴 수 있는 재능은 자신, 다른 사람, 나아가 사회적으로도 정말 쓸모가 많으며 표면적으로 드러나는 재능보다 훨씬 더 뛰어나다고 할 수 있다.

노자가 일찍이 공자에게 이렇게 말한 적이 있다. "군자는 훌륭한 것을 간직하고 있으나 용모는 어리석은 듯하다.君子盛德, 容貌若愚" 여기서 말하는 성덕盛德이란 '탁월한 재능'을 말한다. 전체적인 의미는 '재능이 뛰어난 사람도 겉으로는 어리석은 사람과 구분하기 어렵다.'는 뜻이다. 겸손하고 신중한 사람도 마찬가지로 다른 사람들 눈에는 소극적이고 과단성이 없는 것으로 비칠 수 있으나 다른 이에게 겸손하고 진지하게 대하므로 금방 호감을 산다. 누구나 언행에 각별히 주의만 기울인다면 충분히 다른 사람들에게 더더욱 존경받을 수 있다. 그러므로 때에 따라 자신의 예기와 재주를 어느 정도 적절히 감춰 가면서 드러내야 한다. 만약 동료들에게 당신의 장단점을 다 들켜 버렸다면 당신은 이미 비장의 카드를 만천하에 노출시킨 것과 같아 나중에 정말 중요한 일이 생겼을 때 그들에게 좌지우지되기 쉽다.

그리고 자신의 예기와 재주를 모두 드러내 보이면 반드시 당신을 질투하고 비방하는 사람이 나타나고 심지어는 훗날 화근을 초래하기도 한다. 역사적으로나 실생활에서 이런 예는 정말이지 무수히 많다.

청의 건륭乾隆 황제는 재주 과시하기를 좋아하여 시를 수만 편이나 썼다. 그리고 조정에 나갈 때마다 종종 직접 쓴 시辭나 대련을 보여 주며 대신들에게 질문을 했다. 어떤 대련은 정말 조잡하기 짝이 없었지만 대신들은 차마 황제에게 어설프다고 말도 못한 채 깊은 생각에 잠긴 척을 했다. 심지어 황제에게 질문에 답을 할 수 있도록 '며칠만' 말미를 주십사고 청하기까지 했다. 결국 건륭 황제가 시나 대련을 말하면 대신들은 온통 그것을 예찬하기만 했다는 소리다. 그렇다면 조정의 문무 대신들 모두가 하나같이 능력 없는 사람이었다는 말일까? 물론 아닐 것이다. 그저 화를 자초하는 것을 면하려는 처세술이었을 뿐이다.

필립 체스터필드는 "다른 사람보다 총명해야 하지만 그 사실을 다른 사람이 모르게 하라."는 명언을 남겼다. 겉으로 드러나는 총명함보다는 깊은 곳에 감춰둔 지혜가 실질적으로 훨씬 의미 있다는 것을 꼭 기억하자.

침묵은 금이요, 말이 많으면 실수가 생기기 마련이고 모든 화는 입에서 시작된다. 침착하게 남의 말을 경청하는 사람은 어디서든 사람들에게 환영받는다. 뿐만 아니라 사람들이 그를 좋아하게 되면서 주위에 그가 처리할 일들이 점점 많아질 것이다. 하지만 이와는 반대로 재잘재잘 쉴 새 없이 떠들어대는 사람은 물이 새는 배와 같아서 승객 모두가 그 배에서 얼른 벗어나고 싶어 한다. 말이 많으면 실수를 범하기 쉬우니 다른 사람에게 원망을 사고 쓸데없는 말로 화를 자초하거나 일에 실패할 확률이 그만큼 높아진다. 그러니까 다른 사람들에게

놀림감이 되지 않는 유일한 방법은 침묵뿐이다. 침묵은 당신이 앞으로도 지금처럼 상처 입지 않고 살아갈 수 있도록 도와줄 것이다.

사람들은 참 다양하다. 의도하지 않았겠지만 하는 말마다 참 천박한 사람이 있고, 듣고 있는 상대방은 고려하지 않은 채 너무 자기 편한 대로만 말하는 사람도 있다. 분명 책임감이 없는 사람들이다. 말은 많이 하는 것보다는 적게 하는 편이, 적게 하는 것보다는 필요한 말만 하는 편이 차라리 낫다. 그리고 말을 많이 하는 것보다는 많이 아는 것이 훨씬 더 중요하다. 다시 말해, 천 마디 말보다는 한 가지 일을 제대로 처리해 깊은 인상을 남기는 편이 낫다.

말이 많다는 것은 허황됨의 상징이다. 격양된 말투로 말하는 사람들은 종종 오히려 행동에 인색한 경우가 있다. 그러나 도덕적인 사람은 절대 말을 넘치게 하지 않고, 신의가 있는 사람은 말을 많이 하지 않는다. 재치가 있는 사람 역시 말을 많이 하지 않는다. 말을 많이 하면 다른 이에게 미움을 사고, 생각 없이 한 빈말은 천박한 느낌을 준다. 그리고 경솔한 말은 후회를 낳는다. 반면 침묵을 지키면, 다른 사람들은 당신을 교양 있고 믿을 만한 사람으로 여길 것이다.

이탈리아의 물리학자 갈릴레이는 이렇게 말했다. "당신이 다른 사람에게 무엇을 가르칠 수는 없다. 그저 그들이 찾고 알아낼 수 있게 도와줄 뿐이다." 그런데 왜 굳이 재주를 부려 일을 망치고야 마는가? 왜 자기 자신을 더 번거롭게 만드는가? 만약 무언가 증명해 보이고 싶다면 다른 사람이 알지 못하게 티 나지 않는 교묘한 방법을 써라.

의태와 보호색을 잘 이용하라

동물의 세계에서 '의태擬態'와 '보호색'은 아주 중요한 생존 수단이다. 우선 '의태'는 동물이나 곤충의 모습이 주위 환경과 아주 유사하게 진화해 사람들이나 천적이 분간하지 못하게 하는 방법을 말한다. 가령, 고엽나비는 주 서식지인 고엽나무의 색깔과 똑같은 갈색을 띠며 모양이 나무 표면과 비슷하다. 그래서 일단 나뭇가지에 내려앉으면 자세히 관찰하지 않는 이상 고엽나비를 찾기는 힘들다. 그리고 '보호색'은 동물의 몸 색깔이 주위 환경 색깔과 거의 같은 것을 말한다. 예를 들면 메뚜기는 주 서식지가 녹색 환경이므로 보호색도 그를 모방한 녹색이다. 그래서 메뚜기가 보호색의 환경 안에 있으면 천적에게 잡혀 먹을 가능성이 낮아진다. 이렇게 대자연의 다양한 생물들은 '의태와 보호색' 덕분에 대대로 번식하고 그들만의 공간을 유지할 수 있었다. 일반적으로 의태를 할 수 있는 동물들은 보호색도 함께 갖췄으며 생존율 역시 보호색만 있는 생물보다 뛰어나다.

인간 세상에도 '의태와 보호색'은 엄연히 존재한다. 가장 대표적인 예가 간첩이다. 간첩은 어떤 일을 비밀리에 완수해야 하므로 다른 사람에게 자신의 신분을 감추어 절대 들키지 않아야 한다. 그들이 사용하는 '의태와 보호색'은 바로 가능한 한 주위 사람들과 가깝게 지내 다른 사람들이 자신을 '외부인'이라고 생각하지 못하게 하는 것이다. 때문에 간첩이 임무를 수행할 때에는 우선 현지인의 생활습관을 따라 하고 현지인들이 입는 옷을 입고 현지 말을 하며 현지 음식을 먹는다. 또 현지의 역사와 풍습을 연구한다. 이는 전부 자신에게서 지역 토박이 같은 느낌이 나도록 바꾸는 과정이다. 인류가 '의태와 보호색'을 실제로 사용하는 예라 할 수 있겠다.

그렇다고 해도 우리는 간첩이 아니고 또 간첩이 될 기회가 오지도 않는다. 하지만 필요할 때 이를 잘 실행할 수 있도록 우리는 '의태와 보호색'이라는 게 뭔지 알아두는 편이 좋다. 특히 당신이 주위의 다른 사람들과 비교해 뚜렷하게 열세라면 누구나 갖추어야 할 이 두 가지를 잘 알아두자.

예를 들어 보자. 처음 입사했을 때에는 최대한 그 회사 분위기에 자신을 맞추면서 가능한 한 빨리 기업문화를 익히고 회사 상황과 분위기에 따라 행동해야 하며 그 회사의 규율과 가치관을 준수해야 한다. 그러니까 자신이 다른 사람과 도무지 어울리지 못하는 별종이 되지 않도록 자신의 보호색을 잘 찾으라는 말이다. 그렇지 않으면 다른 사람들은 당신을 배척하고 멀리할 것이다. 그럼에도 당신이 아랑곳하지 않고 군계일학으로 우뚝 서서 잘난 척한다면 하루의 대부분을 보내는 직장에서 견제 당한다는 느낌에 계속해서 불편할 수밖에 없다. 하지만 당신의 색깔과 주위 환경이 잘 어울리게만 되면 당신은 그 환경의 한 구성원이 되어 '의태'의 효과를 누릴 수 있다.

영리한 사람은 자신의 영리함을 깊숙이 묻어두고
필요할 때만 사용한다.

'의태'의 특징 중 하나는 조용히 하고 움직이지 않는 것이다. 보호색을 하고 가만히 있으면 그 누구도 당신을 볼 수 없으니 수많은 번거로움에서 벗어날 수 있다. 이러한 이치를 사회생활에 적용시킨다면 당신은 불필요한 화를 피하기 위해 '가만히 움직이지 않는' 원칙을 지켜야 한다. 다시 말해 함부로 시비를 일으키지 않고, 당신의 의도를 까놓고 그러내지 않으며, 특정 무리와 결탁하지 않고 다른 사람에게 '당신을 눈치채지 못하게' 할 수 있다면 당신은 위험 요소를 최소한으로 낮출 수 있다.

타협으로 자신을 지키는
방법을 배워라

어떤 방면에서든 생활 중에 겪는 싸움에는 저마다 해결 방식이 여러 가지 있다. 그중 하나가 바로 내 조건과 요구사항을 적극적으로 낮추는 '타협'이다. 주관적으로는 고자세를 유지하면서 행동은 저자세로 나가는 방법이 바로 타협이다.

'타협'이란 당사자 양측 혹은 여러 사람이 어쩔 수 없는 조건에서 내놓는 양보 방법이다. 타협이 가장 좋은 방법은 아니지만 더 좋은 방법을 내놓기 전까지는 가장 효과적인 선택이될 수 있다. 또한 타협은 장점도 여러 가지다. 첫째, 시간과 노력 등 '자원'의 소모가 불을 보듯 뻔한 상황일 때는 타협을 하여 자원의 소모도 막고, 자신도 한숨 고르며 정리할 기회를 얻을 수 있다. 어쩌면 많은 사람들이 실력도 충분하고 에너지 소모도 두렵지 않으니 '강자에게는 타협이 필요 없다'고 생각할지 모르겠다. 물론 이론상으로야 그렇지만 문제는 다른 데 있다. 약자라 할지라도 나방이 불에 뛰어드는 식으로 전혀 두려움 없이 덤벼든다면, 설령 이긴다 해도 강자의 승리는 가까스로 얻은 '상처뿐인 영광'이 아닐까? 이렇게 상황에 따라서는 강자 역시 타협이 필요하다.

둘째, 불리한 정세도 타협으로써 역전시킬 수 있다. 타협을 제안했다는 것은 그쪽이 힘에 부친다는 뜻이다. 그도 한숨 돌릴 필요가 있는 상황이고, 나아가 이번 '전쟁'을 포기할 가능성도 배제할 수 없다는 의미이다. 그런데 만약 당신 쪽에서 먼저 타협을 제안하고 상대방이 조건에 동의했다면, 그것은 그쪽 역시 이 '전쟁'을 계속할 마음이나 힘이 없다는 것을 나타낸다. 그렇지 않고서야 어느 누가 그리 쉽게 승리의 과실을 포기했겠는가! 그러므로 타협은 '평화'의 시간과 공간을 만들어 준다. 그리고 '적과 나'의 상황을 바꿀 수 있는 시간으로도 이용할 수 있다.

셋째, 타협을 통해 최소한으로라도 자신의 '존재' 공간을 유지할 수 있다. 타협에는 항상 조건이 붙기 마련이다. 당신이 약자이고 먼저 타협을 제안했다면, 어쩌면 상당한 대가를 치러야 할지도 모른다. 하지만 어쨌든 간에 '존재'할 수 있는 발판을 마련한 셈이고, 존재한다는 것은 앞으로 '푸르고 무성한 산이 될 기회가 있다'는 뜻이다. 반면 오늘 존재하지 못한다면 내일도, 그 다음도 보장할 수 없다. 사실 이런저런 부가 조건이 붙은 타협은 당신에게 불공평할지도 모르고 모욕적으로 느껴질 수도 있다. 그래도 잠시 모욕으로 존재와 희망을 얻었으니 가치 있는 일이라 믿어도 좋으리라.

때로 '타협'이란 적에게 굴복하지 않는 것, 힘없이 '항복'하는 행동으로 생각될 수 있다. 하지만 앞서 살펴보았듯이 타협은 사실 매우 구체적이면서 시대에 맞는 임기응변의 생존 지혜이다. 지혜로운 사람은 모두 적당한 시기에 다른 사람이 제안하는 타협을 받아들일 줄 안다. 어쨌든 생존하려면 일시적이거나 주관적인 감정이 아닌 이성에 따라야 하니까 말이다.

그렇지만 '타협'을 할 때에는 반드시 구체적인 상황을 고려해야 한다. 우선, 당신의 최종 목표가 무엇인지 확인한다. 즉, 아무런 도움이 되지 않는 전투에 당신의 노력을 낭비할 필요는 없다. 타협을 할 수 있으면 하고, 못 하겠으면 포기해도 안 될 것은 없다. 하지만 싸우는 이유가 최종 목표라면 절대 경솔하게 타협해서는 안 된다.

둘째, '타협'의 조건을 살펴보아야 한다. 체면을 살려야 할 것이라면 체면을, 실속을 챙겨야 할 것이라면 실속을 요구하라. 단, 상대방을 물러설 곳 없는 궁지로 몰아댈 필요까지는 없다. 도덕과 정의를 위해서가 아니라 나중에 호랑이가 사람을 물어가도 다치지 않도록 만일의 경우에 대비하기 위해서이다. 모두 이해관계를 고려한 조치이다. 하물며 상대방을 아주 절망의 나락으로 빠뜨린 것이 아니라면 그의 힘은 여전히 존재하지 않겠는가! 이렇듯 만약 당신 쪽이 타협을 제안한 약자이고, 여차하면 함께 죽을 결심까지 했다고 치자. 이런 상황까지 갔다면 상대방도 분명히 당신의 조건을 받아들일 것이다.

요컨대, '타협'은 위기 상황을 안전한 상태로 바꾸어 놓을 수 있다. 타협은 전술이다. 또한 타협은 재능을 감추고 때를 기다리면서 생존을 추구하는 큰 전략이다.

일에 무리하게 나서지 마라

누구나 사회생활을 하느라 이리저리 바쁘게 뛰어다니지만 그 속으로는 모두 자신이 '특출 나기'를 바란다. 하지만 선조들은 일찍이 "모든 고민은 무리하게 나서는 것에서 비롯한다."고 고충했다. 이 말은 오랜 사회 경험에서 나온 깨달음일 것이다.

우선, 사람이 '나서고 싶어 하는 것'은 영원불변의 진리이다. '나서기'를 바라지 않는 사람 대부분은 명예와 이익에 욕심이 전혀 없는 사람 아니면 자포자기 해버린 바보일 것이다.

실제로 자신이 스스로 만들어낸 심리적 압박이나 '나서라'고 당신의 등을 떠미는 사회적 환경에서 도망치기 아주 어렵지 않은가!

그렇다면 어째서 "모든 고민은 무리하게 나서는 것에서 비롯한다."는 말이 나온 것일까?

이 문제는 '강強'이라는 글자에서 살펴봐야 한다. '강'자에는 다음과 같은 두 가지의 의미가 포함되어 있다.

첫째는 '어쩔 수 없이, 무리하게'라는 뜻이다. 다시 말해, 자신은 능력이 모자라는데 억지로 어떤 일을 해야 한다는 뜻이다. 물론 억지로 일을 하는 경우라도 뜻밖에 성공을 거둘 수 있겠지만, 가능성은 크지 않으며 통상 필패로 끝나 버린다. 한 번쯤 그러고 나면 자신의 웅대한 포부는 무참히 깨지고 다른 이들의 비웃음만 사게 되니 '실패는 성공의 어머니'라는 말은 틀린 것이 아니다. 그렇지만 당신의 실패는 다른 사람 눈에 엄연히 '능력 부족' 혹은 '자기 능력을 제대로 헤아리지 못해서' 실패했다는 의미로 통한다. 다른 사람들은 기회를 잘만 잡아 나눠 가지는 상황에서 당신이 한 번 '실패'하면 돌이킬 수 없는 치명타로 작용한다. 심지어는 치욕적인 낙인이 되어 당신을 평생 따라다닌다. 이것이 엄연히 존재하는 현실이고, '무리하게 나서는' 데서 비롯된 결과물이다.

둘째는 '강제력, 억제력'의 의미이다. 즉, 자신은 충분한 능력을 갖추었음에도 객관적인 상황이 아직 따라 주지 않는 경우다. 여기서 말하는 '객관적 상황'이란 '대세'와 '인세人勢'로 나뉜다. 그중 '대세'는 당신을 둘러싼 외부 환경의 조건을, '인세'는 주위 사람들이 당신을 지원하는 정도를 말한다. 만약 '대세'가 잘 맞지 않는다 해도 본인 능력으로 강제로 '나서는 것'은 가능하며 성공할 기회가 아주 없지도 않다. 그렇지만 매우 공을 많이 들여야 한다. 그리고 '인세'가 없는 상황에서 강제로 '나서고자' 한다면, 당신은 다른 사람들에게 배척받을 뿐 아니라 다른 사람에게 상처도 안겨줄 수 있을 것이다.

이것이 바로 '무리하게 나서기'가 초래하는 문제점이다. 때문에 '나서고자' 할 때에는 절대 '무리하게 나서면' 안 된다. 자, 다음 두 가지를 꼭 명심해라. 본인의 능력이 부족할 때에는 절대 무리하게 나서지 마라.

무리하게 나서지 않으면 자연히 손해를 줄일 수 있고, 주변 사람과도 조화로운 관계를 유지할 수 있다. 또 외부 환경의 흐름을 냉정하게 관찰할 수 있다. 그리고 여러 가지 방면에서 조건이 갖춰질 때까지 기다리다 보면 자연히 '나설 수' 있는 환경이 마련된다. 때로 '나서기'란, 조건이 성숙되면 자연히 이루어지기도 한다.

사실, 능력이 있고 다른 사람과도 좋은 관계를 유지하는 사람이라면, 다른 사람들 역시 당신이 '나설 수' 있도록 기꺼이 모셔 줄 것이다. 당신이 '나설 수' 있게 받들어 주는 이유는 첫째, 당신이 '잘 되고' 나면 인정상 피드백을 누릴 수 있으니까 인정에 '투자'하는 것이다. 둘째, 당신과 장기적으로 어울리면서 상대방은 자연히 여러 가지 조건에서 당신의 우위에 압박을 당한다는 느낌을 피할 수 있어 더 안정적인 생존권을 보장받을 수 있다.

사회적으로 '두각을 나타내는 것'은 좋은 일이다. "사람은 높은 곳으로 올라가고, 물은 낮은 곳으로 흐른다."는 속담도 있지 않은가! 그러나 두각을 나타내자면 실력과 기회, 환경을 두루 중요시해야 한다. 힘이 부칠 때는 절대 무리해서는 안 된다. 시기가 적절하지 못할 때, 주변 환경이 그다지 바람직하지 못할 때에도 물론 그렇다. 이런 이치를 무시한다면 고민을 스스로 만드는 일일 뿐 아니라 타인을 곤경에 빠뜨리게 되기도 한다. 이것은 일하는 데에도, 처세에서도 절대 금기라는 것을 명심하자.

너무 나서지도 말고, 너무 물러서지도 말라.
너무 강하지도 말고, 너무 약하지도 말라.

눈에 띄지 않는 화초는
잘 꺾이지 않는다

사람들은 그다지 주목하지 않는 직장을 다니면 일하면서 다른 사람과 충돌하는 경우가 매우 드물다. 또한 당신의 비밀 역시 사람들에게 잘 드러나지 않으면서 업무 외에 불필요한 걱정과 접대에 쓰이는 시간을 절약할 수 있기 때문에 차분히 자신의 일에만 몰두할 수 있다. 유명 작가나 학자들이 두려워 하는 점 또한 사람들이 자꾸 찾아와 일에 방해를 받는 점이다. 때로는 그런 번거로움을 피하고자 자신의 집이나 사무실 문 앞에 "인터뷰 정중히 사양합니다."라는 팻말을 걸어놓기도 한다.

역사적으로 소진蘇秦, 장량張良, 제갈량 같은 사람들은 대부분 어려운 환경 속에서 갈고 닦으며 당대에 견줄 데 없는 인재로 성장했다. 마찬가지로 우리도 어떤 사업을 할 때나 실력이나 규모가 상대와 비할 바가 되지 못할 때에는 그러한 사람들에게 정면 돌파하는 식으로 강경히 맞서서는 절대 안 된다. 그럴 때에는 자신을 드러내지 않고 남의 주목을 받지 않으면서 조용히 자기 자신을 발전시켜 나가야 한다.

한 지방 언론에 다음과 같은 이야기가 보도되었다.

옛날에 중국 북방의 변경에 있는 두 부락 사이에 전쟁이 일어났다. 승리한 쪽은 패배한 부락에서 열 살 이상인 남자는 모두 죽이기로 결정했는데, 여기서 열네 살짜리 남자아이 한 명만은 운 좋게도 재난에서 벗어날 수 있었다.

당시 우두머리가 수풀 속에 엎드린 아이를 찌르려는 순간, 또 다른 두목이 "이 아이는 참으로 모자라 보이는구먼, 꼭 죽일 필요가 있겠는가?"라며 그를 제지했다. 그 아이는 무서운 어른이 칼로 자신을 찌르려 하는데도 멍청한 표정으로 보고만 있었다. 난리법석을 떨며 용서해 달라고 하거나 반항하거나 도주하지도 않았다. 이 남자아이는 그렇게 해서 겨우 살아 남았고, 열 살 이하 남자 아이들과 함께 노예로 끌려갔다.

하지만 사실은 전혀 달랐다. 그 열네 살짜리 남자아이는 아둔하기는커녕 보통 사람을 훨씬 뛰어넘는 지혜가 있었다. 그의 이름은 관산關山이었다. 그는 스물아홉 살이 되었을 때, 살아남은 자신의 부족을 이끌고 숙적을 물리침으로써 피맺힌 원한을 갚았다. 애당초 생기 없는 얼굴과 나약한 모습이 아니 었다면 그도 일찌감치 죽임을 당했을지도 모른다. 이 이야기 에서 알 수 있듯이, 상황이 자신의 생존과 발전에 불리하게 돌 아간다면 부디 남들이 자신에게 주목하지 않도록 하라. 그러 면 자신의 역량을 키우면서 재기를 꿈꿀 수 있고, 운이 좋으면 더 좋은 방책을 모색할 수도 있다.

《42장경四十二章經》불교가 인도에서 중국으로 전해지는 과정을 적은 책-옮 긴이에서 "사람은 욕망에 따라 명예를 추구하며 산다. 이는 절 에서 향을 태울 때, 뭇사람들은 그 향기를 맡을 수 있지만 향 은 이미 타버려 재가 되고 없는 이치와 같다."고 지적했다. 이 처럼 불교에서는 원래 아무런 실질적 가치가 없는 명성은 배척해야 한다고 끊임없이 이야기해왔다. 일련日蓮: 일본 불교 종파의 하나인 니치렌종日蓮宗의 개조開祖-옮긴이 스님이 "가장 큰 치욕은 어리석은 사람에게 칭찬받는 것!"이라 한 말도 그와 일맥상통한다.

사람들은 명성이 헛된 이름이라는 사실을 모르고 좋은 평판을 들으면 금세 득의양양해져서는 자신을 과시한다. 그리고 자기도 모르는 사시에 다른 사람들이 자기의 비위를 맞춰주는 상황을 즐긴다. 이와는 달리, 현명한 사람은 명성은 실체가 없는 것이라는 점을 잘 안다. 명성은 그저 사람들이 떠들고 알려서 많은 사람들 사이에 우연히 이야깃거리가 되는 것일 뿐이다.

덕행의 수준이 높고 공명에도 무심한 사람은 분명 명예와 이익에 빠진 사람들에게 의심을 사게 된다. 그리고 언행이 신중하고 늘 조신한 참 군자는 항상 방자하여 아무 꺼릴 것 없는 사람들의 시기를 받게 된다. 그러므로 불행히도 의심을 사거나 열세에 몰렸다면 말이나 행동으로 군중심리에 영합하지 말라. 대신 자신의 재능과 절개로 세상을 새롭게 할 기초를 마련하라.

전국戰國 시대 때, 위나라 왕은 초나라 회왕懷王에게 미녀를 한 명 선사했다. 그녀는 춘추 시대의 서시와 견줄 만큼 용모가 수려했다. 당연히 초 회왕은 그녀에게 온 마음을 다 바쳤고, 진주라는 이름도 붙여 주었다. 정말이지 손에 들면 떨어질까, 불면 날아갈까 애지중지하며 온종일 그림자처럼 붙어 다녔다.

초 회왕에게는 원래 정수鄭袖라는 애첩이 있었는데 진주가 온 후부터 회왕이 소홀히 대하자 정수는 왕의 변심에 불같이 화가 났다. 그리고 진주에게 거의 미치광이처럼 질투심에 불탔다. 그러나 그 마음을 표현하는 것이 절대 자신에게 이롭지 않다는 것을 알기 때문에 정수는 큰소리 한 번 내지 않고 꾹 참았다. 오히려 겉으로는 진주를 너무나도 아끼는 듯 자신의 친동생처럼 대해 주었다. 틈날 때마다 그녀와 이야기를 나누고, 회왕에게는 그녀가 진주를 매우 아낀다는 뜻을 비춰보였다.

하루는 정수가 몰래 진주에게 이렇게 말했다.

"폐하께서 너를 아주 만족해하시고 너를 아주 아끼시지! 그런데 말이야, 너의 그 코만큼은 좀 마음에 들지 않아 하시는 것 같아. 나한테 여러 번 말씀하셨거든. 그러니 나중에 폐하 곁에 가거들랑 꼭 코를 가리도록 해라."

진주는 이것이 정수가 파놓은 함정이라고는 정말이지 생각조차 못했다. 그 후로 진주는 회왕 앞에서는 항상 한 손으로 코를 가리고 얼굴 전체를 드러내지 않았다. 회왕은 영문을 몰라 하며 정수를 찾아와 물었다. 그녀는 처음에는 좀 머뭇거리더니 무언가 말하려다 멈추기를 반복했다.

"두려워 말고, 무슨 일인지 말해 보거라!"

회왕이 재촉하자 정수가 조심스레 입을 뗐다.

"진주가 폐하 몸에서 냄새가 나서 아주 참기 힘들다고 제게 말한 적이 있습니다. 그래서 코를 막는다고요."

성격이 아주 불같았던 회왕은 정수의 말을 듣자마자 격노하여 곧장 진주의 코를 베라는 엄명을 내렸다. 정수는 그렇게 하여 다시금 회왕의 품으로 돌아올 수 있었으나 진주는 미녀라는 이름에만 의지한 채 자신을 지키는 법을 알지 못했다. 그녀의 말로는 얼마나 비극적인가!

이 이야기를 봐서라도 직장에서든 시장에서든 스스로 자

신을 내세우고 명예를 꾀하고 지위를 추구하는 등의 위험한 짓은 제발 하지 말라. 또, 어떨 때에는 사장이나 상사가 우리를 아무도 중요시하지 않는 곳으로 배치할 때가 있을 것이다. 그렇다 하더라도 자신을 강등시키거나 벌을 주는 것이라고 생각지 말길 바란다. 뜻밖에도 우리에게 의지를 키우며 기세를 갈고 닦을 기회를 주는 것일지도 모르니까. 그 누가 이를 행운이 아니라 말할 수 있겠는가?

나를 낮추면 성공한다

개정 1판 1쇄 발행 2015년 12월 28일 | 지은이 짱쩐슈에 | 옮긴이 정혜주 | 펴낸이 최윤하
펴낸곳 정민미디어 | 주 소 (151-834) 서울시 관악구 행운동 1666-45, F
전 화 02-888-0991 | 팩 스 02-871-0995 | 이메일 pceo@daum.net
편 집 정광희 | 표지 디자인 김윤남 | 본문 디자인 서진원

ⓒ 정민미디어

ISBN 979-11-86276-23-5 (03820)